Peter A. Söhngen
Stadt ohne Väter

Erzählung

Jupiter - Verlag
71229 Leonberg, Berliner Straße 33
www.jupiter-verlag.de

Umschlaggestaltung unter Verwendung des vom Autor gemalten Aquarells *Gleichnis vom Tintenfisch*

Lektorat: Literaturagentur Axel Poldner

Herstellung: Books on Demand GmbH

Printed in Germany

ISBN 3-9807822-1-2

Peter A. Söhngen

Stadt ohne Väter

Befreiung aus Unterdrückung

Erzählung

Jupiter-Verlag

Über den Autor

Peter A. Söhngen 1942 in Stuttgart geboren, bereiste vier Kontinente. Er schaute in sehr viele geistige Disziplinen hinein und sammelte dabei sehr viele Erfahrungen.

Seine Aufgabe versteht er darin, die Welten zu studieren und dann das Studierte anderen zugänglich zu machen, um dadurch Verständnis aufzubauen unter den Menschen, Geschlechtern, Religionen und Kulturen. Dabei liegen ihm unterdrückte oder benachteiligte Minderheiten besonders am Herzen.

Er besitzt das Talent, Wissen so aufzudröseln, dass es jeder verstehen kann. Es ist ihm auch ein schöner Humor zu eigen.

Stadt ohne Väter entstand nach einem vierwöchigen Besuch bei seinem Bruder, der auf einem türkischen Dorf lebte.

Für Nesrin und Wolfgang

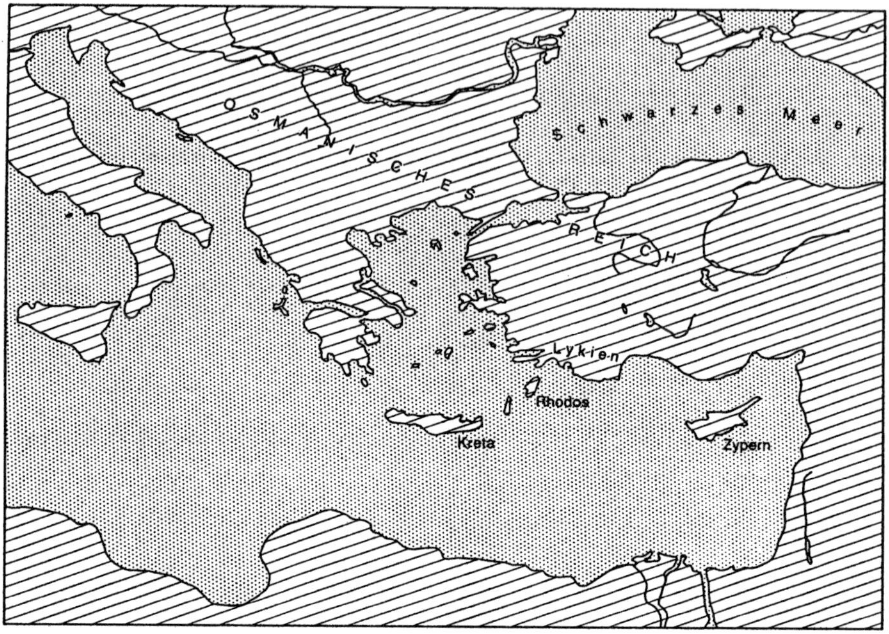
O S M A N I S C H E S R E I C H
Schwarzes Meer
Lykien
Rhodos
Kreta
Zypern

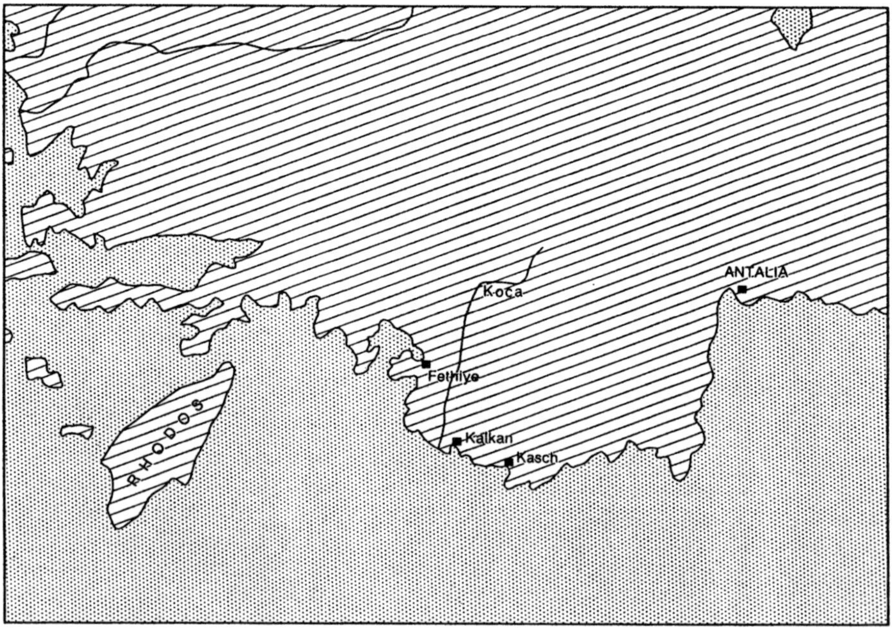
Koca
ANTALIA
Fethiye
RHODOS
Kalkan
Kasch

Einführung

Ein einziges Land der Erde liegt auf zwei Kontinenten und hat seine durch ein Meer voneinander getrennten Landesteile mit zwei gigantischen Hängebrücken verbunden: die Türkei. Der größere, der östliche Teil der Türkei, der in Kleinasien liegt, wird Morgenland, auf türkisch Anatolien, genannt. Anatolien gliedert sich in mehrere Landschaften, die westliche Südküste heißt Lykien. An ihr liegen die Städte Kasch und Fethiye; und die Stadt Kaya schließt an einen mächtigen Felsen an, an dessen Fuß das Lykische Meer brandet.

Zu Beginn des zweiten Viertels des 14. Jahrhunderts gründete der türkische Sultan Osman ein Reich, das nach ihm benannt wurde. Es dehnte sich im Laufe der Zeit vom Marmarameer nach Osten weit über Kleinasien, im Süden weit über das Heilige Land und nach Westen fast über den ganzen Balkan aus. Dieses Reich dauerte fast sechshundert Jahre, und als es zerbröckelte, verlor es auch seine Herrschaft über den Balkan samt den Griechen.

Mit der Schicksalswende, dem Zerfall des Reiches, beuteten nun die vormals von den Türken geknebelten Griechen in Kleinasien ihre einstigen Unterjocher aus. Mustafa Kemal Pascha befreite wiederum 1922 die geknechteten Türken Lykiens vom Joch der griechischen Blutsauger, und im nächsten Jahr wurde er der erste türkische Staatspräsident. Er setzte umwälzende Reformen durch und schleuderte die Türkei damit aus dem orientalischen mittelalterlichen Absolutismus in die Neuzeit, ja, er katapultierte gleichsam die Türkei in einen Staat moderner westlicher Prägung. Seit 1934 wird Mustafa Kemal Pascha "Vater der Türken", in seiner Muttersprache Atatürk, genannt.

Seit Atatürks Befreiung sind die Störche wohl hundertmal über den Bosporus geflogen, mal vom Norden, mal vom Süden kommend. Trotz dieser lange verflossenen Zeit gibt es immer noch Knechtschaft in der Türkei. Dieser Druck kommt nicht vom Norden, Süden, Westen oder Osten, sondern aus der Vergangenheit. Entgegen Atatürks geltenden Gesetzen werden große Teile der Bevölkerung entrechtet, weil verbissen an überalterten Einstellungen festgehalten wird. Zu den Entrechteten gehörten auch Fatma und ihre Schicksalsgefährtinnen.

Fatma erzählt, wie sie unterdrückt wurde und wie sie mit ihren Kindern und den anderen Mutigen, die das gleiche Los zu tragen hatten, aus der Unterdrückung freikam.

Wie im Orient üblich, benutzen auch Fatma und ihre Umwelt Märchen, Fabeln und Parabeln, um Probleme zu klären. Diese zeitlosen und ortsunabhängigen Lösungsansätze finden sich in ihren Erzählungen wieder.

Am Ende läßt Fatma schließlich die Katze aus dem Sack, warum sie, das gebildete und fortschrittliche Großstadtmädchen, auf das ewiggestrige Dorf verheiratet wurde.

Zeyneps Erzählung zeigt die Schwierigkeiten in der neuen Heimat und den Wunsch, wieder mit einem Mann zusammenzusein.

Entgegen der Märchensammlung "Tausendundeine Nacht" werden hier nicht Märchen erzählt, um ein Problem zu verdrängen, sondern um dessen Lösung zu finden.

"Stadt ohne Väter" unterhält und kann gleichzeitig als eine Hilfe benutzt werden, um im Leben weniger Amboß sein zu müssen und öfter der Hammer sein zu können.

Ein Urlauber stand in einer Flughafenhalle mitten in der Menge der Touristen. Sein Urlaub war fast zu Ende. Er hatte alle Postkarten, die er versenden mußte, verschickt, die lykischen Felsengräber und die Tomben, in denen die Lykier begraben wurden, gesehen. Er hatte einen zweitägigen Ausflug zum Baumwollschlößchen unternommen, oder wie die Türken sagen, nach Pamukale. Von unten nach oben betrachtet, sieht es aus wie ein monumentales Gebäude, dessen Gemäuer über und über von vom Wind angewehten, aufgesprungenen, riesigen Baumwollblüten übersät ist. Von oben gesehen ist es der größte und schönste Naturbrunnen der Welt. Von unzähligen größeren oder kleineren weißen Halbschalen, die über-, unter- und nebeneinander hängen, plätschert, tropft oder rieselt das Wasser von einer Schale zur nächsten herab. Er hatte einen schicken Ledermantel günstig erworben, und ein seidenschimmernder Gebetsteppich mit einem Lebensbaummotiv wartete - klein zusammengeschnürt - in seinem Handgepäck darauf, zu Hause ein Blickfang zu werden. Er hatte mit dem Jeep eine abenteuerliche Geländefahrt an Steilhängen und durch glitschige Schluchten überstanden. Mit all dem konnte er sehr zufrieden sein, aber das am meisten Erhoffte, hatte sich nicht erfüllt. Er war in einem Familienhotel gelandet, und die wenigen Singles waren nicht knackig, knusprig, eher krachend, vertrocknet. Was sollte auch die dauernde Jagd nach der richtigen Frau? Vielleicht sollte er alles noch einmal reiflich überdenken und nicht gewaltsam versuchen, eine Frau zu finden.

Er hatte das türkische Bad genossen und sich fast täglich massieren lassen. Er hatte sich entspannt. Der Urlaub schien am Ende, aber tatsächlich öffnete sich in den letzten Urlaubsstunden ein weiteres Tor in die Welt des Orients.

Die Lautsprecher in der Abfertigungshalle plärrten. Er konnte die schrillen Töne vor allem wegen des Widerhalls nicht richtig verstehen. Nur daß es sich um seinen Flug handelte, bekam er mit.

Neben ihm standen zwei Frauen, die er wegen ihrer Kopftücher als Türkinnen ausmachte. Sie sprachen sehr erregt miteinander, wohl wegen der Mitteilung, die durch den Lautsprecher gekommen war. Er wandte sich ihnen zu, tippte mit seinem rechten Zeigefinger zweimal auf seine Armbanduhr, zeigte dann mit der rechten Hand gen Himmel und sagte: "Deutschland, Deutschland."

Die eine der beiden lachte ihn an: "Mit uns können Sie deutsch sprechen, wir fliegen zurück nach Deutschland."

"Was wurde denn gerade über den Lautsprecher bekannt gegeben?"

"Sie haben gesagt, daß es eine Verzögerung gebe, die Passagiere nach Deutschland auf die Bordkarte ein Getränk erhalten würden und auf weitere Durchsagen achten sollten."

"Nehmen Sie auch ein Getränk?" fragte er.

Die zwei Frauen schauten einander an, und die zweite sagte: "Cay", das bedeutet Tee.

"Wir werden einen Tee trinken, bis es weitergeht", sagte die erste.

Von den Türken hatte er während seines Badeurlaubs nicht sehr viel mitbekommen. Türkisch war für ihn eine sehr fremde Sprache. Jetzt konnte er vielleicht doch noch etwas mehr über Land und Leute erfahren, so hoffte er und fragte deshalb: "Macht es Ihnen etwas aus, wenn ich mit Ihnen Tee trinke?"

Die zwei Frauen schauten sich wieder an und verhandelten auf türkisch miteinander, dann sagte die erste: "Ich bin verheiratet, und in Deutschland erwartet mein Mann mich am Flughafen, dasselbe trifft für meine Freundin zu. Wenn Sie trotzdem mit uns Tee trinken wollen, haben wir nichts dagegen."

Alle drei bestellten auf ihre Bordkarten Tee.

"Sie haben hier bestimmt Ihre Familie besucht", sagte er interessiert. Die zwei schauten sich vielsagend an und lächelten. Er entnahm ihrem Lächeln, daß es kein normaler Familienbesuch gewesen war, aber so gut, wie sie aufgelegt waren, konnte es auch kein Besuch wegen eines Todesfalles gewesen sein.

"Wir haben schon unsere Familie besucht, aber nicht unsere richtige Familie", sagte die erste.

Das ist ja noch besser, dachte er, jetzt kann ich etwas über das Verhältnis von türkischen Schwiegertöchtern zu ihren türkischen Schwiegereltern erfahren, und er deutete diesen Gedanken an: "Sie waren bestimmt bei Ihren Schwiegereltern."

"Nein, wir waren bei unserer früheren Familie."

"Bei Ihren Eltern?"

"Nein, unsere Eltern sind ja unsere richtige Familie."

"Ja, was ist denn dann Ihre falsche Familie?"

"Oh, das ist eine ganz andere Geschichte. Die ist schon lange her."

"Sie brauchen nicht darüber zu reden, wenn Sie nicht wollen. Bitte, fühlen Sie sich nicht gezwungen, Ihre persönlichen Geheimnisse auszuplaudern."

"Wir lassen uns nicht zwingen, auch nicht von einem Mann." Sie lachten und schauten sich wieder vielsagend an. "Aber ein Geheimnis - zwar nicht für unsere Männer -, ein Geheimnis ist es schon."

"Jetzt haben Sie meine Neugierde aber sehr geweckt."

Die zweite lenkte vom Thema ab: "Wie hat Ihnen die Türkei gefallen?"

"Gut, sehr gut, die Menschen sind sehr liebenswürdig und hilfsbereit, davon könnte sich mancher Deutsche eine Scheibe abschneiden."

Die beiden Frauen sprachen wieder türkisch miteinander, dann sagte die erste: "Solange wir hier festsitzen, können wir, um die Zeit herumzubringen und weil es Sie so brennend interessiert, von unserer falschen Familie erzählen."

"Das ist nett von Ihnen, aber darf ich mich Ihnen erst einmal vorstellen, mein Name ist Peter."

"Das ist meine Freundin Fatma, sie ist die eigentliche Mutter unserer falschen Familie."

"Das ist Zeynep, meine beste Freundin, wir sind, wenn Sie so wollen, die Gründerinnen unserer falschen Familie."

"Ja, wie fing das denn nun an?" fragte er erwartungsvoll, und nun erzählte Fatma die Geschichte, die ihr Leben von Grund auf veränderte.

FATMAS ERZÄHLUNG
- Die Flucht -

Eines Tages kam ich dazu, wie Hasret, mein Sohn, und dessen älterer Freund im Stall waren und sein Freund sich mit herabgelassener Hose hinter einer Ziege hermachen wollte. Ich schrie den Freund an: "Hau ab, und laß dich hier nie mehr sehen!"

Daraufhin griff mich Hasret an: "Sei du still, das ist mein Freund, und der kommt, wann ich will, und du hast ihm gar nichts zu verbieten!" Der Freund zog die Hose hoch und suchte das Weite. Hasret, um ein zweifelhaftes Erlebnis gebracht, schlug nach mir und beschuldigte mich: "Du hast meinen besten Freund vertrieben!" Als er nicht aufhören wollte, mich zu schlagen, habe ich ihm eine gewischt, damit er wieder zu sich kommt. Beleidigt schlich er sich hinter den Stall und schoß mit einer Schleuder nach den Hühnern. Glücklicherweise hat er keines getroffen.

Als Özcan, sein Vater, nach Hause kam, erzählte Hasret ihm, daß ich ihn geschlagen hätte. Özcan gab mir keine Gelegenheit zu erklären, warum ich Hasret mit ein paar Hieben zur Vernunft hatte bringen müssen. Wie ein wildgewordener Bulle raste er auf mich zu und verprügelte mich. Zum Schluß schlug er mich noch mit der Peitsche. Es wunderte mich, daß er nicht gleich darauf mit mir wieder ins Heu wollte, sondern ins Teehaus ging.

Daß Hasret mich geschlagen hat, war nicht so schlimm - Kinder machen Dummheiten. Aber was sollte ich ändern, damit mein Mann mich nicht mehr schlägt? Der Schmerz war nicht einmal das Schlimmste, das Schlimmste war die Demütigung.

Was wurde mir vor meiner Hochzeit über meinen zukünftigen Mann erzählt? Daß ich einen geschulten Liebhaber bekäme, daß mein Vater geschulte Liebhaberinnen dieser Liebesschule kennengelernt habe und daß die Liebesschule auf eine alte babylonische Tradition zurückginge und er der brillanteste Liebhaber wäre, den ich bekommen könnte. - Und als was hat er sich entpuppt?

Dies war ja nicht das erste Mal, daß ich von meinem eigenen Mann verprügelt wurde. Jetzt, sagte ich mir, ist Schluß, ich will mich von ihm nicht mehr wie eine Sklavin behandeln lassen.

Laut und bestimmt sagte ich: "HIERMIT BESCHLIESSE ICH, DASS

ICH NIE MEHR VON IHM VERPRÜGELT WERDE UND DASS DIES DAS LETZTE MAL GEWESEN IST!"

Nachdem Özcan mich geschlagen hatte, hätte ich ihn zu Recht beschuldigen können, daß er mir unrecht getan habe, doch wohin führte das in der Vergangenheit? Zu noch mehr Streit und noch mehr Prügel. Die Haue hätte ich hinnehmen können - als Mädchen bin ich von klein auf an Leiden gewöhnt -, aber ich wollte die Ungerechtigkeit, die den Mädchen und Frauen widerfährt, daß sie als Menschen zweiter Klasse behandelt werden, nicht mehr länger ertragen. Ich wollte der Angst vor dem, was folgen würde, wenn ich mich gegen diese Behandlung auflehnte, ins Auge sehen. Ich wollte die Angst vor den Folgen der Auflehnung überwinden, auch wenn ich noch nicht wußte, wie, aber schließlich wurde noch nichts so heiß gegessen, wie es gekocht wurde. Schlechter konnte es mir kaum noch ergehen, ich konnte nur noch gewinnen. Ich wollte mein Vorhaben durchführen, auch wenn es keine Vorbilder gab; dann wollte ich ein Beispiel werden. - Ja, das war es, was den Frauen und Mädchen fehlte, ein erfolgversprechendes Muster. Ich und mein Vorhaben sollten das noch fehlende Vorbild werden.

Bald konnte ich es nicht mehr für mich behalten. Am nächsten Markttag, als ich - wie immer - meinen Weißkäse auf den Markt brachte, wollte ich mit den anderen Frauen, die auch ihren Käse verkauften, besprechen, welche Möglichkeiten sich bieten würden, dem bisherigen Schicksal zu entrinnen.

Der wirkliche Grund, warum ich Prügel bezogen hatte, war nicht, weil ich meinen Jungen verklopft hatte, sondern es waren die veralteten Vorstellungen, von denen die meisten immer noch beherrscht werden. Obwohl Atatürk die Gleichberechtigung der Frau gesetzlich verankert hat, werden Jungen und Männer wie Menschen erster und Frauen und Mädchen wie Menschen zweiter Klasse betrachtet und auch so behandelt. Hätte ich gegen ein Mädchen die Hand erhoben, wäre es in Ordnung gewesen, aber eine Frau darf einen Knaben nicht "handgreiflich" kritisieren.

Als ich das erste Mal schwanger war, gab mir eine Bäuerin viele gute Ratschläge. Ihr hatte ich auf dem Markt erzählt, was mich umtrieb. Sie schaute mich bloß mitleidig an und meinte: "Das ist Kismet - das von Allah so gewollte Schicksal -, dem kann man nicht entrinnen. Das muß man ertragen, und ein Erheben gegen das von Allah gewollte Schicksal ist eine Gotteslästerung."

Ich war enttäuscht. Aber hätte ich etwas anderes erwarten können? Nein! Das war die über tausend Jahre alte Antwort auf die Frage, ob man sein Los verändern darf oder nicht.

Ich werde niemandem mehr mein Herz mit dieser brennenden Frage darin öffnen, beschloß ich bei mir.

Wie zerschlagen kam ich zurück. Der Weg erschien mir so lang, daß ich glaubte, ihn nicht zu schaffen. Wie schnell war ich dagegen morgens losgegangen? Der Weg war mir kurz vorgekommen. Süß und lieblich war der Duft vom Harz der Mandelbäume in meine Nase gedrungen, und ich war so übermütig gewesen, daß ich eine Oleanderblüte von einem Zweig abgebrochen und mich damit geschmückt hatte. Und abends hatte ich dann ein schlechtes Gewissen, weil ich mich gegen die Allmacht Allahs erheben wollte.

Ein Gutes aber war gewesen. Ich hatte alle sechs Laib Käse verkauft, und so hatte Özcan keinen Grund, mich zu rügen.

Mein Herz fragte unaufhörlich: Ist Allah, der Gnädige, der Barmherzige, so herzlos, daß er Frauen und Mädchen bloß ein zweitklassiges und nur Knaben und Männern ein erstklassiges Leben zugesteht? Mein Kopf sagte "ja", und mein Herz sagte "nein". Lieber wollte ich meinem Herzen folgen, aber das wäre Gotteslästerung.

Die Frage, ob Allah so ungerecht sei, den Frauen ein schlechteres Los als den Männern zu bescheren, wich nicht aus meinem Herzen.

Wieder einmal war Markttag. Ich mußte darüber reden, was

mich in meinem Innersten bewegte, und da ich das letzte Mal bei der netten, aber alten Bäuerin so enttäuscht worden war, vertraute ich mich ganz vorsichtig der jüngsten an. Es war, als ob ich eine Sternschnuppe in ihren Augen entdecken würde, die aber - gerade entdeckt - gleich wieder verlosch. Sie sagte: "Wir haben doch ein Stück gemeinsamen Nachhauseweg" und fügte hinzu: "Eine schlechte Begleitung ist mir lieber als gar keine." Das war ein Kompliment. Warum war ich wieder so unvernünftig gewesen und hatte mich dazu hinreißen lassen, meine innersten Gedanken zu erzählen? Um dann eine solche Abfuhr zu erfahren?

Trotzdem hoffte ich, auf dem Nachhauseweg, unter vier Augen, diese Frage wieder aufnehmen zu können.

Nachdem auch sie ihren Käse verkauft hatte, machten wir uns auf den Nachhauseweg. Kaum hatten wir den Markt verlassen, stellte sie sich vor: "Ich heiße Zeynep." Ich stellte mich ebenfalls vor. Sie entschuldigte sich: "Ich wollte mit dieser Bemerkung nur eventuell aufgescheuchte Hunde wieder beruhigen. Ich wollte die anderen Frauen nicht hellhörig machen. Dieses Thema ist tabu, und in aller Öffentlichkeit darf darüber schon gar nicht diskutiert werden."

In der Tat, mit ihrer Bemerkung hatte sie das Thema vom Tisch gefegt, als ob es niemals auf das Tapet gebracht worden wäre.

Ich hatte Angst, daß meine Vorstellung von meiner Begleiterin ebenfalls abgelehnt würde und sie auch der Meinung wäre, daß die zweitklassige Behandlung der Frauen der unabänderliche Beschluß Allahs sei.

Glücklicherweise fand Zeynep den Anfang des von ihr selbst zerrissenen Gesprächsfadens wieder, und das war der Beginn unserer Freundschaft, die bis heute gehalten hat.

"Du denkst, wie ich manchmal denke, Allah kann die Männer nicht den Frauen vorziehen", sagte sie und machte eine Pause. Dann fuhr sie fort: "Ich glaube, wenn Allah den Frauen ihr Schicksal in die Hand gibt, erwarten sie, daß er für sie auch denkt und handelt."

Das ist es, dachte ich, Allah gibt den Menschen die Möglichkeit, ihr Schicksal selbst zu gestalten. Ich habe es geahnt. - Muß der Mensch denn dürsten, wenn kein Regen fällt, oder kann er dem Schicksal in den Rachen greifen, indem er Zisternen baut und daraus Wasser schöpft? Hat der Mensch nicht die Wahl, die ganze Ernte zur Nahrung zu nehmen oder auf einen Teil der Ernte zu verzichten und ihn als Saat auszubringen, um eine weitere reiche Ernte einzubringen?

Als ob sie meine Gedanken erraten hätte, fuhr Zeynep fort: "Ist Allah schuld, wenn lange kein Regen fällt und die Ziegenherde verdurstet, oder ist die Hirtin schuld, wenn sie die Ziegen nicht zur Tränke führt? Allah läßt Baumwolle auf den nassen und Tabak auf den trockenen Feldern wachsen. Wenn du aber umgekehrt auf trockenen Feldern Baumwolle und auf nassen Tabak pflanzst, dann kannst du, wenn du weder Baumwolle noch Tabak erntest, Allah dafür nicht die Verantwortung unterstellen. Allah erwartet von dir, daß du selbst denkst und richtig handelst, daß du dich für deine Unterlassungen verantwortlich fühlst und nicht ihm die Verantwortung zuschiebst."

Ich mußte sie umarmen, uns verband mehr als nur der gemeinsame Nachhauseweg.

Vergnügt gingen wir den Rest des Weges. Einmal erzählte sie, einmal ich von großen oder kleinen Augenblicken unseres Lebens, bis sich unsere Wege trennten.

Durch die Aussprache meiner tiefinnersten Gedanken und vor allem, weil Zeynep ebenso dachte wie ich, wurde ich mir viel sicherer, und am nächsten Tag weihte ich meine Schwester Gülcan ein, daß Zeynep und ich uns die Tyrannei der Männer nicht bieten lassen und uns einen Plan überlegen wollten, wie wir es bewerkstelligen könnten, uns aus dieser Tyrannei zu befreien.

Wir drei beschlossen am nächsten Markttag, noch mehr Frauen für unser Vorhaben zu interessieren und für unseren Plan zu gewinnen. Ab jetzt trafen wir uns nicht nur auf dem Markt, sondern auch abends, beim Heimtreiben der Tiere am Brunnen am Waldrand oder im Dorf beim Wasserholen am Wasserreservoir, um uns öfter besprechen zu können.

Am darauffolgenden Markttag ging ich mit meiner alten Freundin Müberra, meiner Schwester Gülcan, deren Freundin Sevinc und meiner damals neuen Freundin Zeynep, die von ihrer Freundin Setta begleitet wurde, vom Markt nach Norden in die Berge, nach Köy in unser Dorf zurück. Wir sechs Frauen erörterten das Für und Wider, unsere Männer zu verlassen. Heiße, emotionsgeladene Diskussionen entbrannten.

Als ich den ausgebrochenen Großbrand der Gefühle wieder einigermaßen unter Kontrolle hatte, meinte Müberra: "Aus der Sklaverei zu entkommen, wäre zu schön, um wahr werden zu können."

Aber ich sah das anders, und deshalb erzählte ich das folgende Märchen, das aus ihrer Heimat kommen soll, wo - für uns schwer verständlich - ohne schlechtes Gewissen Alkohol getrunken wird.

Das Märchen vom Schuster, der ein Pechvogel war

Es war einmal ein Schuster, der war, ohne daß er es bemerkte, ein rechter Pechvogel geworden. Das Unglück hatte sich lautlos an seine Fersen geheftet. Wenn er nach den Nägeln greifen wollte, warf er mit dem Ärmel das Pech um, so daß es unbemerkt auf das Oberleder der Schuhe tropfte. Beim Schneiden des Leders rutschte er mit dem Messer aus und zerschnitt das Leder und seine Finger. Da er an nichts mehr so richtig Freude hatte, war ihm eines Tages alles so leid, daß er wieder auf Wanderschaft ging. Da kam er an ein Wirtshaus, und weil die Sonne erbarmungslos vom Himmel stach, trat er ein und bestellte sich für sein letztes Geld ein Glas Bier. In einem Zug trank er es bis zur Hälfte aus. Dann jammerte er: "Oje, so ein Pech, jetzt habe ich schon die Hälfte meiner ganzen Löhnung vertrunken."

Als er gerade so stöhnte, ritt der Teufel einen anderen Wandersburschen und flüsterte ihm ins Ohr: "Der hat doch gar keinen Grund zu klagen, dem hat doch heute noch keiner in die Suppe gespuckt."

Ein dritter Wandersbursch, von etwas derberer Art, betrachtete dies als eine gute Idee, etwas Stimmung in die Wirtshaus-Gesellschaft zu bringen, und spuckte nach dem Bierglas des Schusters. Er traf aber nicht.

Eine Fee, die sich in eine Katze verwandelt hatte, lag auf der Bank. Sie hatte die ganze Zeit das Gerede und die Gedanken des Schusters verfolgt.

Über die schnöde Absicht des Wanderburschen war der Schuhmacher in Wut entbrannt. Er wollte schnell den Rest des Bieres in sich hineinkippen und dann dem Unverschämten das leere Glas an den Kopf schleudern.

Das hatte die Fee mitbekommen. Schneller als der Schuster mit der Hand am Bierkrug war, zwickte sie ihn mit ihren nadelspitzen Zähnen in das Handgelenk, und im nächsten Augenblick raste sie auch schon am Vorhang hoch auf die Gardinenschiene, um aus sicherer Entfernung das weitere Geschehen beobachten zu können. Der Schuster war so verdutzt, daß er in der Bewegung innehielt.

Da sprang die Katze von der Gardinenschiene über den Ofen auf den Boden und ging dem Schuster um die Beine. Der Schuster erkannte, daß er es der Katze verdankte, nicht in eine wilde Rauferei verwickelt worden zu sein. Er nahm sie auf den Schoß und streichelte sie. Als sie genug hatte, machte sie einen Katzenbuckel, sprang auf die Stuhllehne des Schuhmachers und flüsterte ihm ins Ohr: "Du brauchst nicht ewig das arme, unglückliche Opfer zu sein, das immer Pech hat. Begrabe den Gedanken, ein Pechvogel zu sein. Niemand braucht, wenn er nicht will, anderer Leute Launen zu ertragen und auf sich herumhämmern zu lassen wie auf einem Amboß. Jeder schmiedet selbst sein Schicksal. Du darfst ein Glückspilz sein, du kannst ein Glückspilz sein, du brauchst es nur zu wollen. Ändere deine Einstellung, und dein Schicksal wird sich ändern."

Als die Fee geendet hatte, sprang sie von der Stuhllehne und ging ins Freie, denn sie hatte es satt, in eine Katze verwandelt im Wirtshaus herumzulungern. Sie wußte, daß sie nicht zu warten brauchte, bis sie jemand aufforderte, ihr Geschick in die Hand zu nehmen. Sie wußte, daß niemand anderes als nur sie den Faden ihres Schicksals spinnen konnte.

Der Schuster dachte über das, was die Katze ihm gesagt hatte, nach, denn es ist schon etwas Besonderes, wenn eine Katze mit einem spricht. Zum anderen reichte ihm die Pechsträhne, bei der er immer das Opfer war. Er beschloß, fortan eine Glückssträhne zu haben, und sagte mit fester Stimme: "Ab jetzt bin ich ein Glückspilz."

Vom anderen Tisch der Wirtsstube aus hatte ein Höfling des Königs die ganze Sache mitbekommen. Er rief dem Schuster zu: "Komm, Geselle, setz dich zu uns, wir haben gerne gute Gesellschaft." Und dem Wirt rief er zu: "Für unseren Freund einen Becher Wein."

Der Schuster war recht verwundert, setzte sich aber an den Tisch der Höflinge, obwohl ihm bei soviel Wohlwollen recht mulmig in der Magengegend war. Er traute dem plötzlichen Schicksalswandel nicht.

Doch kaum hatte die Katze das Wirtshaus verlassen, da fragte der Höfling den Schuster nach seinem Woher und Wohin. Der Schuhmacher erzählte, wo er sich zuletzt verdingt hatte und daß er noch nicht wisse, wie es weitergehen werde.

Als der Höfling vernahm, daß der andere ein Schuster sei, war er ganz begeistert und sagte: "Das trifft sich gut, unsere Prinzessin wird in einem Monat heiraten und hat noch keine Brautschuhe. Komm mit und mach unserer Prinzessin ein Paar Schuhe, damit sie mit ihrem Stand entsprechenden Schuhen vor den Altar treten kann."

Der Schuster war einverstanden und ging mit an den Hof, wo er gleich begann, das Leder für die Brautschuhe weichzuklopfen und zurechtzuschneiden. Seitdem er die Worte ausgesprochen hatte - ab jetzt bin ich ein Glückspilz - gelang ihm sein Handwerk wie nie zuvor. Auch fielen ihm Muster zur Verzierung ein, die niemand jemals zuvor gesehen hatte, und der ganze Hofstaat wollte zur bevorstehenden Hochzeit von dem Glückspilz neue Schuhe gemacht bekommen. Bis zur Hochzeit konnte er nicht mehr alle zufriedenstellen. Trotzdem hatte er Glück und wurde zum Hoflieferanten ernannt - bis zu seinem Lebensende.

Die neu Hinzugekommenen waren sehr skeptisch, daß alles so einfach sei. Deshalb erzählte ich ihnen die Geschichte vom greisen Tintenfisch.

Der greise Tintenfisch

Vor langer, langer Zeit wollten die Städter Lykiens das Vieh, die Frauen und Kinder, ja sogar das eigene Leben eher verlieren als die Freiheit. Wenn die Männer gegen irgendwelche Eindringlinge eine Schlacht verloren, brachten sie die Frauen, Kinder und Tiere in die Stadt, verriegelten und verrammelten die Tore, so daß nichts und niemand entweichen konnte. Dann wurde überall in der Stadt Brennmaterial aufgeschichtet und die Stadt von den eigenen Leuten angezündet, damit der Feind nichts, aber auch gar nichts bekam, nicht einmal Wasser, so daß er vor einem glühenden Aschehaufen stand, der einmal eine begehrenswerte Stadt gewesen war.

Wurde die Stadt in der Vergangenheit angegriffen, gab es für die Männer nur zwei Möglichkeiten: die bedingungslose Vertreibung des Feindes oder - wenn dies nicht gelang - den Tod im Kampf auf dem Schlachtfeld.

Wieder einmal sollte eine lykische Stadt überfallen werden. Sonst kamen die Feinde aus dem Westen über das Meer, die Flüsse hoch. Diesmal war es ein Heer, das aus dem Osten kam.

Der anrückende Troß war von den Spähern längst gemeldet. Als das Heer bis zu dem Punkt kam, wo das Tal enger wurde, war ihm durch die Lykier der Weg versperrt. Wie immer wurden die Frauen, Kinder und Tiere in die Stadt gebracht, die Tore verriegelt und verrammelt. Überall wurde Brennmaterial aufgeschichtet, das angezündet werden konnte, falls die Männer die Schlacht verlieren sollten.

Diese Methode, den Feind durch eine verbrannte Stadt abzuschrecken, hatte nach Westen gut funktioniert, aber nach Osten funktionierte sie nicht, denn der Feind stand vor der Talenge, dem letzten natürlichen Bollwerk der Stadt. Da die gewohnte Abschreckungsmethode nun nicht mehr funktionierte, wurde sie von den Frauen auch nicht mehr akzeptiert, und sie erschlugen die Männer, die sie in den Ofen sperren wollten, der die Stadt werden konnte, falls die Männer die Schlacht verlieren sollten.

Eilig trat der Rat der Stadt zusammen. Die Alten waren empört, daß die Frauen sich gegen die heilige Sitte auflehnten.

Der Älteste, der viel gereist war, die ägyptischen Pyramiden gesehen und lange auf Kreta gelebt hatte, erzählte daraufhin dem Rat folgendes Gleichnis:

"Es war einmal ein greiser Tintenfisch, der hatte das Glück, daß er sich außen an einem Fischernetz halten konnte. Von dieser Stelle aus konnte er aus dem Netz schnappen, was ihm am besten schmeckte. Als das Netz schwer genug war, hievten die Fischer es an Bord, doch der greise Tintenfisch wollte sich nicht von der gewohnten, angenehmen Tafel trennen und so landete er mit dem Netz im Boot. Nun aber war ihm der Weg ins lebenspendende Wasser versperrt, und er kam mit den Fischen auf den Markt.

Schließlich wurde er zerschnitten, gebraten und verspeist."

Dann fuhr der Älteste fort: "Laßt uns nicht wie der greise Tintenfisch übersehen, daß man sich an etwas Gewohntes nur so lange halten darf, wie dies brauchbar ist. Seien wir nicht unbeweglich wie verknöcherte Greise. Da die alte Abschreckungsmethode nach Osten nicht funktioniert, laßt uns lieber - bevor alle lykischen Städte von Osten her ausgelöscht werden - Tribut zahlen, falls wir die Schlacht verlieren. Und laßt uns unsere Frauen, Kinder und das Vieh schonen."

Das beschloß dann auch der Rat.

Später schlossen sich andere lykische Städte der neuen Methode an.

Nachdem ich diese historische Begebenheit erzählt hatte, sagte ich: "Wir wollen nicht wie der greise Tintenfisch an überalterten Vorstellungen festhalten, sondern mutig sein wie die lykischen Frauen der Antike. Es wird zur Revolte kommen, aber es muß sein, wenn wir in der Sache weiterkommen wollen. Und ich fuhr fort:

"Wenn du beginnst, in dein Leben oder in irgend etwas Ordnung hineinzubringen, wird eine Zeitlang noch mehr Unordnung entstehen. Dann scheint es so, als ob das Chaos die Oberhand gewinnen würde. Dieser scheinbare Mißerfolg verleitet dazu, mit der Neuerung aufzuhören, die Arme hängenzulassen und alles beim alten zu lassen; doch das wäre nicht nur falsch, sondern nachteilig. Es ist eine Tatsache, daß nichts so bleibt, wie es ist. Du brauchst, um dies einzusehen, nur eine Pflanze im Laufe des Jahres oder ein vom Zahn der Zeit zerfressenes Gemäuer zu betrachten.

Wenn nicht ein Mensch will, daß sich etwas verbessert, verbessert sich nichts. Wenn du nichts unternimmst, wird es noch schlechter werden. Aber es gibt einen Trick, um sich nicht vom scheinbaren Mißerfolg überwältigen zu lassen. Er besteht darin, weiterhin Ordnung zu schaffen, bis die Unordnung verschwunden ist und die neugeschaffene Ordnung übrigbleibt.

Wenn die Erde ausgetrocknet ist und die Gräser, Blumen, Sträucher und Bäume nach Regen lechzen, dann sind die hohen, schönen, weißen Wolken nicht das, was Besserung bringt. Die schweren, drohenden, tiefhängenden Wolken sind das sichere Zeichen der nahenden Verbesserung. Und so wie diese bedrückenden Wolken das sichere Zeichen für die nahende Verbesserung sind, so ist es, wenn du Ordnung schaffst, und zunächst noch mehr Unordnung entsteht, ein sicheres Zeichen dafür, daß du auf dem richtigen Weg bist. Bleibe dabei, Ordnung zu schaffen, und fahre fort, bis du dein Ziel erreicht hast. Um ein Ziel zu erreichen, muß es unentwegt, entschlossen und ohne abzuweichen verfolgt werden."

Unser Häuflein glich eher eine paar verängstigten Schafen als einem krallenwetzenden Raubtier, das sich zum Angriff rüstet.

Als wir uns das nächste Mal trafen, sagte ich: "Wenn wir nur wollen, werden wir es schaffen. Wir sollten nur noch ein paar mehr sein.

Da versprach Setta, mit den Zwillingen Semur und Kübra zu sprechen, mit denen sie zur Schule gegangen war. Sie seien immer sehr mutig gewesen, meinte sie.

Die anderen fünf wußten keine Frau mehr, die sie hätten ansprechen und einweihen können.

Am nächsten Markttag gingen wir zu acht, nachdem wir den Weißkäse verkauft hatten, zurück nach Köy. Auf der Hochebene angelangt, ließen wir uns auf der Mauer aus Feldsteinen nieder. Von hier aus konnte ich hinaus auf das Meer sehen. Trotz des Dunstes machte ich die Insel Rhodos aus. Ich stellte mir vor, auf Rhodos zu leben. Es war eine eigenartige Stimmung. Ich hatte das Gefühl, weit weg zu sein, das Gefühl, das Leben noch einmal von vorne zu beginnen oder wenigstens ab jetzt ein ganz anderes Leben zu führen.

Nun überlegten wir den weiteren gemeinsamen Plan. Emotionen wurden aufgewühlt. Unmögliches wurde hervorgebracht. Das Gespräch konzentrierte sich dann auf folgendes: Wir würden wie die Halbnomaden mit den Tieren wegziehen, aber im Gegensatz zu ihnen nicht mehr zurückkehren.

Doch die Sache hatte einen Haken. Wenn unsere Männer unsere Flucht bemerken würden, würden sie uns suchen, und finden, und wegen ihres verletzten Stolzes würden sie uns quälen und endgültig fertigmachen. Einsicht könnten wir von ihnen nicht erwarten, im Gegenteil, sie würden sich noch von uns ins Unrecht gesetzt fühlen. Wenn wir uns sträubten, würden sie uns die Kinder wegnehmen und uns mit ihnen erpressen.

Gülcan hatte eine Idee: "Wir machen unsere Männer und das ganzen Dorf glauben, daß es uns nicht mehr gibt, zum Beispiel, daß wir auf einem Boot waren, das gekentert ist und wir alle ertrunken sind, dann werden sie uns nicht suchen."

Die Idee wurde zunächst gutgeheißen, aber dann doch als unbrauchbar verworfen, denn wer sollte die Nachricht überbringen? Der Überbringer müßte gekauft werden, und es wäre nicht sicher, daß er sich nicht von unseren Männern für noch mehr

Geld kaufen ließe, um zu verraten, wo er uns an Land gebracht habe.

Während wir heiß diskutierten, war die Sonne still nach Westen weitergezogen. Wenn unsere Männer unser spätes Erscheinen nicht beargwöhnen sollten, mußten wir uns beeilen.

Als Treffpunkt blieben weiterhin der Brunnen und das Wasserreservoir.

Ich überlegte, wenn wir erfolgreich sein wollen, dann müssen wir uns zu einem gegenseitig helfenden und unzertrennlichen Bund zusammenschließen. Diesen Tag des Zusammenschlusses müssen wir zu einem Höhepunkt in unserem Leben machen, der die Hochzeit übertrifft. Aber öffentlich können wir dieses Ereignis nicht feiern, denn was sollten wir unseren Männern und unseren Gästen erklären? Es muß ein intimes Fest sein, ein Fest, weil wir aus der Versklavung durch die Männer frei werden, es muß ein Fest werden, bei dem wir uns freiwillig verpflichten, uns gegenseitig zu unterstützen.

Die Befreiung aus der Tyrannei der Männer und unser Zusammenschluß müssen durch ein Symbol gefestigt werden. Alle Frauen unseres zukünftigen Bundes sollen einen Kochlöffel und Kuchen am nächsten Markttag mitbringen. Den Kochlöffel werden wir zerbrechen, zum Zeichen des Bruches mit den Tyrannen, und den Kuchen gemeinsam essen, zum Zeichen, daß wir uns gegenseitig unterstützen werden.

Ich überlegte am Tag beim Hüten der Ziegen, welche Gebote für das neue Leben gelten sollten, und nachts wälzte ich mich auf meinem Lager, um zu überlegen, wie ich die Frauen zu einem unzertrennlichen Bund zusammenschweißen könne.

Nach dem nächsten Markt versammelten wir uns auf der Hochebene zum feierlichen Schwur. Ich trug die neuen Regeln für unser zukünftiges Zusammenleben vor. Alle waren damit einverstanden. Wir zündeten ein Feuer an, um so die Feierlichkeit hervorzuheben, bildeten einen Kreis, umfaßten mit dem rechten

Arm jeweils die rechts neben uns Stehende und mit dem linken die links Stehende.

Dann sprach ich das Gelöbnis vor, und die anderen bestätigten es.

"Wir wollen, wenn wir unsere Gatten verlassen haben, niemals zu ihnen zurückkehren!"

"Das geloben wir!"

Darauf zerbrachen wir die mitgebrachten Kochlöffel. Alle brachen entzwei, bis auf Kübras Kochlöffel. Er knickte nur ab. Die Kochlöffel wurden den Flammen übergeben. Ich fuhr fort:

"Wir wollen niemals eine Angehörige dieses Bundes in Not, Gefahr oder Schwierigkeiten verlassen!"

"Das geloben wir!" Dabei preßten wir unsere Körper fest aneinander.

"Wir wollen niemals eines unserer Kinder in Not, Gefahr oder in Schwierigkeiten verlassen!"

"Das geloben wir!"

Nach dem Gelöbnis verteilten wir den mitgebrachten Kuchen und aßen ihn. Danach brachen wir wieder auf, um zu unseren Familien zurückzukehren.

Eine Woche später diskutierten wir über die Tatsache, daß wir Frauen, wenn wir unseren Männern einfach bloß davonliefen, in Zukunft wie die Aussätzigen behandelt würden, aber wenn wir Mann und Haus durch ein Unglück verloren hätten, dann würden wir nicht so behandelt werden. Diesen Gedanken behielten wir immer fest in Erinnerung.

Der Aufbruch wurde sorgfältig vorbereitet. Vier Monate später war es dann soweit. Die ganze Flucht könnte als ein Husarenstück bezeichnet werden, wenn es nicht so ernst gewesen wäre.

Einen Tag nach dem Aufbruch zogen wir auf der anderen Seite des Bergrückens weiter in das Tal hinab und machten am Abend Quartier. Den ganzen nächsten Tag zogen wir das Tal entlang flußaufwärts, immer höher, immer näher zum über dreitausend Meter hohen Ak Dag.

Wie sich dann herausstellte, war Kübras wirkliches Ziel nicht, ihren Mann für immer zu verlassen, sondern ihm nur einen Denkzettel zu verpassen, indem sie ihn eine Nacht lang in Ungewißheit ließ. Um dieses Ziel zu erreichen, hatte sie sich uns angeschlossen, da sie sich allein zu schwach dazu fühlte. Das Gelöbnis hatte sie gegen ihre Überzeugung mitgesprochen.

Nachdem sie ihr Ziel erreicht hatte, wollte sie nicht mehr mit uns anderen Frauen weiterziehen. Vorsichtig offenbarte sie es zuerst ihrer Zwillingsschwester Setta.

Setta versuchte sie zum Mitkommen zu überreden, was ihr aber nicht gelang. Deshalb erzählte sie dann mir die ganze Angelegenheit.

Darauf sagte ich zu Kübra: "Setta hat mir erzählt, daß du uns verlassen willst." Kübra nickte, und ich vernahm einen Stoßseufzer. "Es ist eines jeden Recht, eine Gruppe zu verlassen, wenn es ihm in der Gruppe nicht mehr gefällt, und alles, was ihm oder zu ihm gehört, mitzunehmen", meinte ich. "Wir zwingen dich nicht mitzukommen, denn schließlich wollen wir dem Sklavendasein durch die Männer entrinnen, und da können wir nicht eine der Unseren versklaven. Du kannst ziehen, du mußt deinen Rückzug aber so einrichten, daß wir dadurch nicht in Gefahr kommen, entdeckt zu werden."

Kübra war einverstanden und gab dies durch Kopfnicken zu erkennen. Ich erklärte ihr: "Du mußt noch weiter mitkommen, bis der Weg sich kreuzt, damit unsere Verfolger uns nicht entdecken können, wenn durch deine Rückkehr die ganze vorgetäuschte Geschichte ans Licht kommt."

Auch das sah Kübra ein.

Wir hatten die Kreuzung noch nicht erreicht, deshalb machten wir ein Nachtlager, und ich erzählte die folgende Geschichte:

Die silberne Gürtelschnalle

Die Stadt, aus deren Hafen erzbeladene Schiffe auslaufen, steigt hinter dem schmalen Küstenstreifen so steil an wie der Rand eines Obstkuchens. Von der Anhöhe aus kann der Blick den gewundenen Staffeln nach ins Tal zum Markt, über die Dächer hinweg zum Hafen oder zwischen dem Minarett der kleineren alten und der größeren neuen Moschee hindurch über das Meer bis zur Roseninsel wandern. Sie liegt im Schleier des Dunstes verborgen und ist nur bei klarer Sicht zu erkennen.

In dieser Stadt lebte ein fröhliches Mädchen, das Nesrin hieß. Nesrin bedeutet "Wilde Rose". Nesrin war nicht wild und ausgelassen, aber sie sprühte nur so vor Ideen und Einfällen, und wenn sie arbeitete, hatte sie immer ein Liedchen auf den Lippen. Sie besaß ein Vögelchen, das sie sehr liebte, und immer wenn sie sang, zwitscherte es mit.

Eines Tages kam sie nicht so fröhlich wie sonst nach Hause. Sie war still, setzte sich mit gesenktem Kopf in die Ecke, rührte sich nicht, sprach nicht und starrte auf den Boden.

Ihre Mutter versuchte zu erfahren, was geschehen war, aber Nesrin schwieg. Das Vögelchen hörte auf zu singen. Langsam begann sich ein Todeshauch auszubreiten. Am nächsten Tag versuchte der Vater zu erfahren, was geschehen war, aber Nesrin blieb verschlossen. Am dritten Tag starb das Vögelchen. Nesrin begrub es und legte jeden Tag eine frische Blüte auf das Grab.

Sie sprach nicht und verkümmerte immer mehr. Eines Tages brachte der Vater einen seltenen Vogel nach Hause. Nesrin gab ihm jeden Tag frisches Wasser und Körner, aber die heimliche Hoffnung, daß der Vogel die Zunge des Mädchens lösen würde, schien sich nicht zu erfüllen.

Ein anderes Mal, als ein Sonnenstrahl auf den Vogelkäfig fiel und die Stäbe golden glänzten, nahm Nesrin den Käfig und brachte ihn aus dem Zimmer, damit der Vogel sich in der Sonne baden könne.

In der Sonne aber begann der Vogel zu ihr zu sprechen. Er erzählte: "Es war einmal ein Fuchs, der wollte die letzte, die süßeste Traube, die hoch oben noch am Weinstock hing und von der Sonne so lange gereift war, daß sie so süß wie Honig war, fressen. Er sprang hoch, aber beim Absprung trat er mit der Hinterpfote in einen Dorn, so daß es ein kläglicher Satz wurde und er die Traube verfehlte. Da er nun die Traube nicht erreicht hatte, glaubte er, daß er überhaupt kein lohnenswertes Ziel mehr erreichen würde. Früher, als er noch an sich selbst geglaubt hatte, war er höher gesprungen, als er lang war. Und als er sein Ziel jetzt verfehlte, wollte er sich zum Sterben legen. Er trottete gesenkten Hauptes von dannen und suchte sich einen Platz, wo er sich hinlegen und ruhig sterben konnte."

Dann schwieg der Vogel, und nach geraumer Zeit fragte er: "Welches Ziel hast du, nach dem du es verfehltest, aufgegeben?" Die Grabesstille, die Nesrin umgab, wurde von ihr durch einen tiefen Stoßseufzer durchbrochen, und mit jedem weiteren Seufzer wurde der Lebensfaden, der schon am Zerreißen war, fester gesponnen. Das Leben begann in Nesrin zurückzukehren. Sie schaute den Vogel an. Der fragte sie: "War es ein unerreichbarer Traum?" Sie schüttelte den Kopf. Er wollte wissen, welches ihr Ziel gewesen sei, von dem sie glaubte, es nicht erreichen zu können. Sie schluchzte wieder und begann dann zu erzählen:

"Ich wußte, daß es einen ganz bestimmten jungen Mann gibt, dessen Frau ich werden soll. Ich wußte nicht, wie er heißt. Ich wußte nicht, wo er wohnt. Ich wußte nicht, was er ist. Aber ich wußte, ich würde ihn erkennen, wenn ich ihn sehe. Ich wäre um die ganze Welt gereist, wenn ich gewußt hätte, wo er zu finden ist.

Eines Tages ging ich über den Markt. Ich betrachtete die Auslagen, die auf dem blanken Boden, auf einem Papier oder auf Tischen aufgehäuft, in Säcke oder Körbe gefüllt waren, die an Schnüren baumelten und wie an einer Wäscheleine aufgehängt waren. Unter freiem Himmel, ausgespannten Laken oder Plastikfolien sah ich Früchte, Gemüse, Fische, lebende und geschlachtete Hühner, Lämmer und Hammel, Kleider, Schuhe, Kinderspielsachen, Werkzeuge, Parfums, Kosmetikartikel und all die nützlichen Sachen, die das tägliche Leben versüßen, und all die

Süßigkeiten, die dem Gaumen schmeicheln wie Kuchen, Türkischer Honig und sonstiges Zuckerwerk. Ich studierte die Menschen, schaute in die von der Sonne gegerbten Gesichter der einfachen, armen Bauern und in die glatten Gesichter der gewieften Händler, sah weinende Kinder, suchende und feilschende Passanten. Dabei sprangen mir drei junge Männer ins Auge. Sie waren stark und groß, und ihr Gang war sicher, zielbewußt und fest. Der, der in der Mitte ging, strotzte vor Energie. Er hatte einen buschigen Oberlippenbart und starke Augenbrauen. Aus seinem Gesicht funkelten ein Paar wilde Augen. Seine Brust war breit und kraftvoll gewölbt. Mir war, als ob ich ihn schon immer kennen würde, als ob er derjenige sei, um dessentwillen ich um die ganze Welt reisen wollte, wenn ich nur wüßte, wo er zu finden ist. Ich brauchte nicht um die ganze Welt zu reisen, nur vierzig Schritte und eine Querstraße trennten mich von ihm. Da wurde plötzlich das Gleichmaß des dahinfließenden Menschenstromes unterbrochen. Wie ein Wirbel drängten sich Menschen aus der Seitenstraße schutzsuchend in die Straße, auf der mein Gesuchter mir entgegenkam. Kaum hatte die plötzliche Hektik begonnen, wurde auch gleich der Anlaß des Gedränges sichtbar. In wilder Hast galoppierte ein Hengst mit aufgeblähten Nüstern, aufgerissenen Augen ängstlich wiehernd durch die Seitenstraße, versetzte die Menschen in Schrecken und trieb sie furchterfüllt vor sich her. Nur einer, der Mann meiner Träume, schien Mut zu haben, das aufgeschreckte Tier zu bändigen und die Menge vor dieser vierbeinigen Gefahr zu schützen. Aber der Hengst zog ihn mit sich fort. Als die Gefahr vorüber war, eilten seine beiden Begleiter hinterher. Aber bis ich mich durch die erschreckte Menschenmenge gezwängt hatte, sah ich den Hengst tot daliegen. Die Menschen strömten zu der Todesstelle. Von meinem Herzensjuwel und seinen beiden Begleitern war nichts mehr zu sehen. Ich fragte nach ihm, aber wen ich auch fragte, niemand wußte etwas. Auch seine beiden Begleiter konnte ich nirgends ausmachen. Ich hatte geglaubt, ich würde den mir Bestimmten nun endlich zum Mann bekommen. Das nahe Glück aber war so plötzlich verschwunden, wie es aufgetaucht war."

Der Vogel nickte mit seinem Kopf, und nach einer Weile fragte er: "Was glaubst du, hatte der Fuchs, der mit der Hinterpfote in den Dorn getreten war, falsch gemacht?"

Nesrin sagte kleinlaut: "Er hätte eine andere Traube fressen können!" Dann brach es aus ihr hervor: "Aber ich will keinen anderen zum Mann!"

Der Vogel fragte, ob der Fuchs sich nicht den Dorn aus der Pfote hätte lecken und es noch einmal hätte versuchen können. Er fuhr fort: "Versäumtest du, dein Ziel, als es weniger leicht zu erreichen schien, erneut ins Auge zu fassen?"

Darauf schrie Nesrin ihn an: "Was sollte ich denn machen? Auf einmal war er, durch den wilden Hengst, den er bändigen wollte, untergetaucht und nicht mehr zu sehen. Ich weiß nicht, wie er heißt. Ich weiß nicht, wo er wohnt. Ich weiß nicht, wer er ist. Ich weiß nicht, wer seine Freunde sind. Ich weiß überhaupt nichts über ihn, nur daß ich ihn zum Mann haben und seine Frau werden will!"

Gelassen fuhr der Vogel fort: "Versäumtest du, dein Ziel, obwohl es aussichtslos schien, erneut ins Auge zu fassen?" Sie schwieg. Er fuhr fort: "Wenn man vom Schicksal getroffen ist, möchte man sich am liebsten wie die Schildkröte in einen Panzer zurückziehen und warten, bis jemand kommt und sagt, daß sich das Schicksal gewendet habe und man herauskommen könne. - Aber von allein ändert sich gar nichts. - Komm heraus aus deinem Panzer, ohne zu warten, bis dich irgend jemand dazu auffordert! Komm heraus aus deinem Schneckenhaus. Es gibt keine Gefahr, höre auf, dich einzuigeln, tummle dich wie der Igel, wenn er sich sicher fühlt. Komm nicht nur aus deinem Schneckenhaus heraus, sondern vergrößere deinen Einfluß! Er war nicht ausreichend, sonst hättest du den Mann deiner Träume aufgefunden und wärst jetzt nicht so betroffen. Du hast dich in dein Schneckenhaus zurückgezogen; wenn er jetzt neben dir stünde, würdest du ihn weder sehen noch hören. Ziehe dich nicht zurück wie die Schildkröte, sondern dehne dich aus wie das Bienenvolk. Es hat Hunderte von Bienen und zweimal so viele Augen. Die Augen des Bienenvolkes sehen sehr viel, weil die Bienen, wenn sie den Stock verlassen, in alle Richtungen auseinanderfliegen, und wieder zu Hause angekommen, tauschen sie ihre Beobachtungen aus.

Du brauchst viele Augen wie das Bienenvolk. Vervielfältige deine Augen und Ohren. Verstärke den Kontakt mit der Familie und den Bekannten. Sie sind für dich wie zusätzliche Augen und Ohren, durch die du erfahren kannst, wie du dein Ziel doch noch erreichst.

Sei nicht wie die Schildkröte, die sich beim leisesten Verdacht, daß sie verletzt werden könnte, zurückzieht, sondern sei lebhaft wie das Bienenvolk, das dem Imker, falls er sich an den Waben zu schaffen macht, sogar entgegentritt."

Nesrin erkannte, daß sie ihr bisheriges Verhalten ändern müßte, wenn sie aus der verzweifelten Lage herauskommen wollte, und bedankte sich. Sie machte gleich den ersten Schritt in die richtige Richtung, denn sie beschloß, etwas zu unternehmen, und setzte ihre Absicht auch in die Tat um. Zunächst erzählte sie ihrer Familie, all ihren Verwandten und Bekannten, was sie quält. Alle meinten, das sei Kismet - das unabänderliche, von Allah so gewollte Schicksal. Aber Nesrin wollte nicht ihren zwar gutgemeinten, doch nichts verändernden Trost, sondern ihre tätige Mithilfe, das Schicksal zu bewegen, denn Allah ist der Gnädige, der Barmherzige. Sie hatte längst bemerkt, daß jene, die sich klug und umsichtig rührten, mehr gesegnet waren als die, die auf eine Schicksalswende hofften.

Jetzt wollte sie nichts unversucht lassen. Auf dem Markt fragte sie, ob sich irgend jemand an den von ihr ersehnten Mann erinnere. Ihre Beschreibung, groß, kräftig und mit buschigem Oberlippenbart, traf auf so viele zu, daß niemand wußte, wer es sein könnte. Ein Händler sagte ihr ganz offen, daß es ein hoffnungsloses Unternehmen sei, ihn zu finden, es sei denn, er könne durch etwas Besonderes erkannt werden, zum Beispiel durch ein Kleidungsstück.

Da erinnerte sich Nesrin daran, daß sein Gürtel eine silberne Schnalle mit einem gelben Stein gehabt hatte, der wie das Auge einer Raubkatze aussah. Dies war ein Anhaltspunkt, aber niemand konnte sich an einen jungen Mann mit einer solchen Gürtelschnalle erinnern.

Nachdem sie auf dem Markt nichts hatte erfahren können, ging sie zu den anderen Umschlagplätzen für die neuesten Nachrichten und Gerüchte, zu den neugierigen und redseligen Schuhputzern. Doch auch von ihnen kannte keiner den Ersehnten.

Da sie bei den Schuhputzern nichts erfuhr, was sie weiterbrachte, ging Nesrin zur letztmöglichen Aktualitätenbörse, zum türkischen Bad. Auch dort fragte sie nach, aber ohne Erfolg. Das Bad war ihre letzte Hoffnung gewesen. Es war zum Verzweifeln. Sicherheitshalber fragte sie am Ausgang des Bades auch noch einmal beim Badbesitzer nach dem Gesuchten. Unerwartet begann sich das Blatt zu wenden. Dem Badbesitzer war der Mann mit der Gürtelschnalle bekannt. Er war früher einmal hier gewesen und war ihm in Erinnerung geblieben, weil er begeistert nur über Kamele gesprochen und einen Gürtel mit einer Schnalle getragen hatte, in die ein honiggelber Stein eingesetzt war, der wie das Auge einer Raubkatze aussah. Mehr aber wußte er nicht.

Nesrin ging nach Hause und berichtete dem Vogel von dem großen Aufwand und dem mageren Ergebnis. Der tröstete sie: "Du hast keinen Grund, hoffnungslos zu sein! Du weißt mehr als zuvor. Halte dir dein Ziel vor Augen, anstatt auf den Boden zu stieren und das Mißgeschick zu betrauern. Versuche, soviel als irgend möglich über Kamelkarawanen, Kamelrennen und Kamelhändler zu erfahren. Frage bei jenen nach ihm!"

Aus Dankbarkeit für den ersten brauchbaren, wenn auch spärlichen Hinweis ließ sie dem Mann vom Bad einen randvoll gefüllten Honigtopf zukommen.

Ganz unerwartet zog ein neuer Hoffnungsschimmer auf, aus Ostanatolien kam Nachricht: Ein entfernter Vetter hatte erfahren, daß ein Mann mit einer solchen Gürtelschnalle mit einer Kamelkarawane nach Saudiarabien unterwegs sei. Er betreibe weniger das Geschäft des Kameltransports als vielmehr das mit Kamelwolle. Die Kamelreisen unternahm er wegen des Reizes, durch die Lande zu ziehen und alle Hindernisse, die sich ihm dabei in den Weg stellten, zu überwinden.

Nesrin war glücklich, endlich mehr über ihn zu wissen; aber wie sollte sie die Karawane erreichen?

Sie versank wieder in Hoffnungslosigkeit.

Als ihre Mutter bemerkte, daß Nesrin sich wieder hängenließ sagte sie zu ihr: "Gib dem Vogel ein Sonnenbad, vielleicht hilft er dir wieder weiter."

Kaum war der Vogel in der Sonne, fing er gleich wieder an, zu Nesrin zu sprechen: "Warum hast du dein Ziel aufgegeben und läßt den Kopf hängen, nur weil du nicht weißt, wo sich die Karawane gerade aufhält? Sei nicht verzagt, halte dir dein Ziel vor Augen, tu etwas, schicke diesmal deinen Vater in das türkische Bad."

Der Vater ging zum türkischen Bad und erzählte dem Mann, der schon einmal weitergeholfen hatte, daß er bei einem Kamelrennen gerne einmal mitreiten oder zumindest zusehen würde. Zum Schluß erwähnte er, daß er demjenigen eine schöne Wasserpfeife schenken werde, der ihm einen Mann in sein Haus führe, der sich mit Kamelen und den Gepflogenheiten in fremden Ländern auskenne.

Der Gesuchte führte die Karawane aber nicht, wie von dem Verwandten berichtet worden war, nach Saudiarabien, sondern nur bis zur türkisch-syrischen Grenze, denn er wollte am kommenden, höchsten Feiertag in seiner Heimat sein. An der Grenze traf er sich mit einem syrischen Freund, der eine Karawane von Saudiarabien brachte. Sie wechselten die Karawanen, und jeder kehrte zurück.

In der Stadt, in der Nesrin wohnte, lebte ein Bruder des Gesuchten, den er an diesem hohen Feiertag besuchte. Mit ihm ging er auch in das türkische Bad. Diesmal redete er nicht über Kamele, sondern davon, daß er eine Pilgerreise nach Mekka unternehmen wolle. Durch den anderen Gesprächsstoff vermutete in ihm niemand den Gesuchten. Nachdem er sich erholt und erfrischt hatte, verließ er unerkannt das Bad.

Im Weggehen fiel dem Besitzer des Bades die Gürtelschnalle auf, und jetzt erkannte er den Kamelbegeisterten. Daraufhin sagte er zu ihm: "Falls du dich nicht nur auf Kamele verstehst, sondern auch in Sitten anderer Länder Bescheid weißt, dann sucht ein angesehener Mann unserer Stadt deinen Rat." Der Mann freute sich, daß seine Meinung gefragt war, und ließ sich zu dem Ratsuchenden führen.

Dort angekommen, wurde er von Nesrins Vater begrüßt. Der bedankte sich, daß er gekommen sei, erkundigte sich nach seinem Befinden und fragte ihn, ob er Tee wolle. Das bejahte er.

Der Hausherr kam auf das Kamelrennen zu sprechen, sah aber sehr schnell ein, daß er kaum Erfolg haben würde, mithalten zu können; woran ihm ja auch nicht gelegen war. Wie ein Bach in der Schneeschmelze von einem Stein zum nächsten springt, so sprang das Gespräch von einem Thema zum anderen.

Inzwischen war das Teewasser heiß. Nesrin brachte ein Tablett mit Tee herein und stellte es ab. Bevor sie den Ersehnten sah, nahm sie seine Stimme und seinen Duft wahr. Da stieg ihr, ohne daß er es bemerkte, die Röte bis zu den Haarwurzeln. Das Herz klopfte ihr bis zum Hals. Wieder war ihr, als ob sie ihn schon immer kenne. Sie spürte, daß er der sei, für den sie um die ganze Welt reisen würde, wenn sie ihn suchen müßte. Aber sie brauchte nicht mehr zu suchen, jetzt war er im Hause ihrer Eltern, da würde kein aufgeschreckter Hengst ihn ihr entreißen.

Überwältigt vom Glück und vom gleichzeitigen bangen Hoffen, wie es denn jetzt weitergehen werde, zog sie sich erregt und nervös zurück, daß sie sich dabei mit dem Ellenbogen am Türrahmen stieß.

Der Geliebte - in das Gespräch vertieft - sah Nesrin nicht. Jetzt wandte er sich dem Tee zu. Nachdem sich der Zucker aufgelöst hatte, nippte er vom Rand, kostete und war von dem Geschmack und der Zubereitung des Tees begeistert. So liebte er den Tee, genau so. Er bekannte, daß er ihm schmecke, und erkundigte sich, wer ihn denn zubereitet habe. Der Vater erklärte, daß dies Nesrin gewesen sei, die vorher das Tablett hereingebracht habe, und fragte den Mann, ob er noch Tee wolle.

Ein Lächeln huschte über sein Gesicht, und er bejahte.

Als Nesrin nun zum zweiten Mal mit dem Tablett hereinkam, nahm er sie mit allen Sinnen wahr und war entzückt von ihr.

Der köstliche Tee hatte die Liebe, wie ein Funken das Feuer, entzündet. Das Herz des Mannes brannte. War nicht sie diejenige, von der er in der Wüste geträumt hatte, die ihm in der Wüste oft als Fata Morgana erschienen war? Er bekannte seine Liebe und hauchte: "Du bist wie der Regen, der in der Wüste fällt und der die Wüste zur Oase werden läßt!"

Sie lächelte ihn an: "Was ist dir lieber, mit den Kamelen durch die Wüste zu ziehen oder die Oase?"

Ohne zu überlegen, meinte er: "Die Oase."

Er nahm sie in seine starken Arme, und Nesrin umschlang seinen Hals. Sie hatte ihr schier aussichtsloses Ziel erreicht. Sie hatte es immer wieder ins Auge gefaßt, bis sie es endlich erreicht hatte.

Nachdem ich die Geschichte beendet hatte, sagte Kübra: "Mein Ziel war es nicht, in die Ungewißheit zu ziehen, mein Ziel war, meinen Mann unter Druck zu setzen, und das habe ich erreicht."

Ich beruhigte Kübra: "Morgen steigen wir zum Paß auf und dann in das Kocatal ab. Du gehst dann mit dem Fluß zum Meer und weiter auf der Straße über Kalkan nach Kasch, bis du auf dem bekannten Weg vom Markt zurück nach Hause gehst. Wir werden in unsere neue und du in deine alte Heimat gehen."

Am nächsten Morgen brachen wir wie geplant zum Paß auf und stiegen nach dem Mittag in das Kocatal hinab.

Im Tal angekommen, verabschiedete sich Kübra von allen und wünschte uns viel Glück, besonders ihrer Schwester. Tränen flossen bei den beiden. Mit gesenktem Kopf wandte sich Kübra ab. Auch sie ging in die Unsicherheit, sie wußte nicht, was sie zu Hause erwarten würde, ob sie die erhoffte Wirkung erzielen oder ob ihr Mann sie, weil sie ihn verlassen hatte, erst recht quälen würde.

Wir waren, von Osten kommend, in das Kocatal hinabgezogen und begaben uns, nachdem wir Kübra mit ihrer Herde nicht mehr ausmachen konnten, auf der anderen Seite des Kocatales weiter nach Westen, wieder hinauf in die Berge.

Am Abend erzählte ich wieder eine Geschichte:

Die fliehende Karawane

Gigantische Berge lächelten freundlich auf ein Tal. Den ganzen Tag hatte die Sonne in den Talkessel gebrannt. Er glich einem Schmelzofen mit glühender Hitze.

Es war Abend. Erste Wolken kamen auf. Die anfangs weißen Wolken verdüsterten sich zu bleiernen Gewitterwolken. Die Felsen waren in dunkle Schatten gehüllt. Die Berge lächelten nicht mehr freundlich in das Tal, sondern schienen drohend darüber zu wachen.

In diesem Tal schnupperte ein Häschen auf dem Boden herum und suchte Futter. Es ahnte, daß etwas geschehen würde.

Wind kam auf. Da fiel dem Häschen ein Stöckchen auf sein Schwänzchen. Es erschrak so sehr, daß es meinte, die Berge würden herabstürzen und das Tal verschütten. In seinem Schrecken floh es von diesem Ort.

Das Häschen hoppelte das Tal entlang. Es konnte nicht einmal die so hilfreichen Haken schlagen, denn sonst wäre es den verhängnisvollen Bergen nur noch näher gekommen.

Auf seiner Flucht stand ihm eine Ziege im Weg. Es schlug einen leichten Bogen um sie. Die Ziege drehte den Kopf zu ihm herum und fragte: "Was ist los, daß du so läufst, ist der Marder dir im Genick gesessen und wollte dir die Adern aussaufen?"

Das Häschen keuchte: "Hast du nicht bemerkt, daß die Berge gleich herabstürzen und das ganze Tal verschütten werden? So rette dich!"

Die Ziege könnte herabstürzenden Felsen leicht ausweichen, aber herabstürzenden Bergen nicht. Also folgte sie dem aufmerksamen Häschen und rannte das Tal entlang hinter ihm her.

Ein Esel, der gerade ein paar Dornen abrupfen wollte, erblickte das ungewöhnliche Paar und rief den beiden zu: "He, warum rennt ihr so, ist der Wolf hinter euch her?"

Die Ziege meckerte zurück: "Hast du nicht bemerkt, daß die Berge gleich herabstürzen und das ganze Tal verschütten werden? Rette dich, komm mit!"

Der Esel ließ die Dornen stehen, um sich schnellstens in Sicherheit zu bringen. Er rannte dem ungleichen Paar hinterher.

Ein Rind graste, und als es das Dreigespann so laufen sah, rief es den dreien entgegen: "Warum rennt ihr so, ist der Tiger hinter euch her?"

Der Esel brüllte zurück: "Hast du nicht bemerkt, daß die Berge gleich herabstürzen und das ganze Tal verschütten werden? Rette dich, komm mit!"

Natürlich wollte das Rind sich retten, kein Wunder, daß es den dreien hinterherrannte.

Ein Pferd, das die Flüchtlinge sah, wurde neugierig, trabte dem Rind hinterher und fragte: "Warum rast ihr so, daß euch das Herz bis zum Hals schlägt? Paßt auf, daß es nicht aufhört zu schlagen!"

Darauf gab das Rind zurück: "Weißt du nicht, daß die Berge gleich herabstürzen und das ganze Tal verschütten werden? Rette dich, komm mit!"

Natürlich wollte das Pferd nicht von den Felsen erschlagen werden. So trabte es den vom gemeinsamen Schicksal verbundenen Flüchtlingen hinterher.

Ein Kamel, das ihnen entgegenkam, wunderte sich und wollte von dem Pferd wissen: "Warum flieht ihr, ist ein Schwarm Hornissen hinter euch her?"

Das Pferd wieherte: "Weißt du nicht, daß die Berge gleich herabstürzen und das ganze Tal verschütten werden? Rette dich, komm mit!"

Natürlich wollte das Kamel seine Haut retten. So trampelte es dem panisch fliehenden Zug der Tiere hinterher.

Ganescha, ein Elefant, der der fliehenden Karawane begegnete, wendete seinen Rüssel dem Kamel zu und fragte: "Was ist los, daß ihr so rennt?"

Das Kamel erwiderte: "Weißt du nicht, daß die Berge gleich

herabstürzen und das ganze Tal verschütten werden? Rette dich, komm mit!"

Erstaunt schaute Ganescha das Kamel an und fragte: "Woher weißt du, daß die Berge gleich herabstürzen und das ganze Tal verschütten werden?"

Außer Atem entgegnete das Kamel: "Das Pferd hat es mir gesagt!"

Da ging Ganescha zu dem Pferd und sagte: "Das Kamel hat mir erzählt, du hättest gesagt, daß die Berge gleich herabstürzen und das ganze Tal verschütten würden. Woher weißt du das?"

Das Pferd antwortete: "Das Rind hat es mir erzählt!"

Da ging Ganescha zum Rind und sagte: "Das Pferd hat mir erzählt, du hättest gesagt, daß die Berge gleich herabstürzen und das ganze Tal verschütten würden. Woher weißt du das?"

Das Rind erwiderte: "Der Esel hat es mir erzählt!"

Da ging Ganescha zum Esel und sagte: "Das Rind hat mir erzählt, du hättest gesagt, daß die Berge gleich herabstürzen und das ganze Tal verschütten würden. Woher weißt du das?"

Der Esel erwiderte: "Die Ziege hat es mir erzählt!"

Da ging Ganescha zur Ziege und sagte: "Der Esel hat mir erzählt, du hättest gesagt, daß die Berge gleich herabstürzen und das ganze Tal verschütten würden. Woher weißt du das?"

Die Ziege erwiderte: "Das Häschen hat es mir erzählt!"

Da ging Ganescha zum Häschen und sagte: "Die Ziege hat mir erzählt, du hättest gesagt, daß die Berge gleich herabstürzen und das ganze Tal verschütten würden. Woher weißt du das?"

Das Häschen entgegnete: "Ganz genau weiß ich es nicht!"

Da schaute Ganescha es aufmerksam an und fragte: "Glaubst du, daß die Berge gleich einstürzen und das ganze Tal verschütten werden?"

Das Häschen nickte mit dem Kopf und sagte aufgeregt: "Ja, ja, ganz bestimmt!"

Da wollte es Ganescha genau wissen: "Warum glaubst du, daß die Berge gleich herabstürzen und das ganze Tal verschütten werden?"

Das Häschen antwortete noch aufgeregter: "Es ist mir etwas

auf mein Schwänzchen gefallen, und ich glaube..."

Ganescha schaute das Häschen liebevoll an und fragte: "Könnte ein Windstoß ein verdörrtes Ästchen vom Baum geweht haben?" Und er fuhr fort: "Sieh die Berge genau an, sehen sie so aus, als ob sie gleich herabstürzen könnten?"

Das Häschen ängstigte sich, die Berge anzusehen. Ganescha ermutigte es, aber das Häschen hatte solche Angst, daß es glaubte, nicht hinsehen zu können. Als Ganescha ihm schmeichelte, nahm es allen Mut zusammen, doch es konnte nichts erkennen, was seinen Verdacht bestätigte.

Die anderen Tiere waren überrascht, daß das Häschen nichts sah, woran zu erkennen war, daß die Berge einstürzen würden. Verwundert blickten sie ebenfalls zu den Bergen hin. Nichts, wovon sie vorher felsenfest überzeugt gewesen waren, fanden sie bestätigt.

Das Pferd fragte: "Was tun wir jetzt, wenn die Berge gar nicht herabstürzen und schon gar nicht das Tal verschütten?"

Das Rind meinte: "Wir feiern ein Fest!"

Die Ziege meckerte: "Wir kühlen uns im Wasser ab!"

Da es sehr heiß war, folgten sie begeistert dem Vorschlag der Ziege, und wer nicht naß genug wurde, den spritzte Ganescha mit seinem langen Rüssel an.

Am zweiten Tag nachdem uns Kübra verlassen hatte, und wir abends noch eine Geschichte erzählen wollten, sagte Zeynep: "Die Fabel von der fliehenden Karawane, die wir gestern abend gehört haben, zeigt zwar, wie man in eine Verwirrung schlittert, aber sie zeigt nicht, wie man aus einer Verwirrung wieder herauskommt, falls man nicht soviel Ausdauer zum genauen Nachforschen hat wie Ganescha. Aber die Geschichte "Der Prinz vom Ganges" zeigt, wie man es anstellen muß."

Dann erzählte sie diese Geschichte:

Der Prinz vom Ganges

Es war einmal ein junger Elefant, der seine Welteroberung nun einmal ohne mütterliche Aufsicht versuchen wollte. Er entfernte sich so weit von ihr, daß sie ihn nicht mehr sehen konnte, und schon geriet er, ohne es zu bemerken, in ein Netz, das sich plötzlich zuzog. Als das Netz seinem Eroberungsdrang engere Grenzen setzte, als seine Mutter sie zog, verlor er sehr schnell das Interesse an dem Geknüpften, kämpfte immer wütender gegen das Netz an, bis er von einem gewaltigen Haß erfüllt war und schließlich zornige Trompetenrufe ausstieß. Der Mutter schwante schon eine Weile nichts Gutes, aber als sie die Zornesrufe hörte, preschte sie mit drohend abgestellten Ohren und hoch erhobenem Rüssel zu ihrem Jungen. Mit Rüssel, Stoßzähnen und Beinen versuchte sie ihr Junges zu befreien. Als ihr das nicht gelang, erhob sie ihren Rüssel in den Himmel und wehklagte um ihr gefangenes Kind. Da flog eine Wurfschlinge auf ihren Rüssel zu, die sich hinter ihren prächtigen Stoßzähnen zusammenzog, und mit dem anderen Ende des Seiles fesselten die Elefantenjäger sie an einen Baum. Im Schlepptau führten zwei Elefantenkühe den Jungen, der die Welt erobern wollte, in ein Elefantenarbeitslager ab.

Hoffnungslos irrte der Kleine in dem Arbeitslager umher, bis er sich ermattet hinlegte und einschlief. Das ging tagelang so.

Als er wieder einmal schlief, sah er im Traum einen Elefanten. Der trug würdevoll eine lange, glänzende Kette um seinen Hals, an der eine goldene Glocke hing. Die Insignien der Macht zierten seine kräftigen Stoßzähne. Auf seiner Haut schimmerte überall scharlachrotes Farbpulver. Seinen Kopf umgab eine große Aureole. Er war der König der Elefanten, und er sprach: "Ich weiß, was du denkst. Früher war es leicht, der König der Elefanten zu werden, aber heutzutage ist das nicht mehr möglich wegen der Elefantenjäger, der Elefantenfallen, der Elefantengruben, der Elefantenarbeitslager, der Haken und Schlingen, der Seuchen und Krankheiten, der Gesetze und Verordnungen... Papperlapapp. Die gab es früher genauso. Nur etwas hat sich geändert: die Lehrer wissen heute von Klappfallen und von Schnappfallen, von Fallenklappen und von Schnallenklappen, von Klapperfallen und Klapperschlangen, von Schlangenklappern und Zähneklappern, sie sehen vor lauter Bäumen den Wald nicht mehr. Sie wissen viel, aber weise... weise sind sie nicht mehr.

Wenn du die Welt ganz erobern willst, mußt du durch dreimal drei Tore schreiten. Jedes Tor ist durch etwas anderes versperrt. Das erste Tor ist durch die Verwirrung versperrt. Das zweite Tor ist durch den Verrat versperrt. Das dritte Tor ist durch die Feindschaft versperrt. Das vierte Tor ist durch den Zweifel versperrt. Das fünfte Tor ist durch die Belastung versperrt. Das sechste Tor ist durch das Nichtvorhandensein versperrt. Das siebte Tor ist durch die Gefahr versperrt. Das achte Tor ist durch die Notlage versperrt. Das neunte Tor ist durch die Normalität versperrt. Und jedes Tor wird sich auf eine andere Weise öffnen.

Mein lieber Welteroberer, der du herumirrst, nicht ein noch aus weißt. Was denkst du, vor welchem Tor du stehst? Vor dem neunten Tor der Normalität, dem achten Tor der Notlage, dem siebten Tor der Gefahr, dem sechsten Tor des Nichtvorhandenseins, dem fünften Tor der Belastung, dem vierten Tor des Zweifels, dem dritten Tor der Feindschaft, dem zweiten Tor des Verrats oder vor dem ersten Tor der Verwirrung? Weißt du, wo du bist?

"Nein."

"Das erste Tor, das Tor der Verwirrung, öffnet sich auf die richtige Beantwortung der Frage, wo bist du? Was denkst du, wo du bist?"

"Im himmlischen Königreich der Elefanten."

"Und du sitzt auf dem goldenen Thron, regierst alle Elefanten, indem du sie berätst, tadelst und belohnst?" - "Mein lieber Welteroberer, der du herumirrst, nicht ein noch aus weißt. Was denkst du, wo du bist?"

"Im himmlischen Paradies."

"Du bist im himmlischen Paradies. Du bist umgeben von himmlischen Düften, musizierenden Engeln, und du dirigierst den Himmelschor?" - "Mein lieber Welteroberer, der du herumirrst, nicht ein noch aus weißt. Was denkst du, wo du bist?"

"Im Reich der Erde."

"Mein lieber Welteroberer, wo bist du?"

"Im Elefantenarbeitslager."

"Mein Lieber, das war deine richtige Antwort, mit der du nun das erste Tor, das Tor der Verwirrung, durchschreiten kannst.

Mein Lieber, der du herumirrtest, nicht ein noch aus wußtest, du warst verwirrt, weil du nicht wußtest, was du in dieser Lage tun solltest, weil du nicht wußtest, wie es weitergeht, und weil du nicht wußtest, wo du warst. Wenn du verwirrt bist, gibt es verschiedene Möglichkeiten, allein aus der Verwirrung herauszukommen.

Niemand wird dich hindern, blindlings wie ein wildes Nashorn mit gesenktem Kopf voranzupreschen. Falls die Richtung zufällig stimmt und die Hindernisse nicht zu groß sind, hast du damit Erfolg. Vielleicht verletzt du dir nicht einmal deinen Kopf dabei, aber bestimmt geht einiges dabei zu Bruch.

Du kannst es aber auch wie der Dachs machen. Wenn die Jäger den Hund in den Dachsbau schicken, kannst du durch irgendeinen Ausgang des Baus hinausflüchten. Ich wünsche dir nur, daß es dir dann nicht wie dem Dachs ergeht, egal, durch welchen Ausgang er hinausflüchtet, an jedem ist ein Gewehr auf ihn gerichtet.

Die beste Art, aus einer Verwirrung herauszukommen, ist nicht die des Nashorns, nicht die des Dachses, sondern so vorzugehen, wie der Tintenfisch.

Du hast noch nie einen Tintenfisch gesehen? Der Tintenfisch lebt im Meer. Er gleicht einer riesengroßen Spinne, aber er besitzt andere Beine als die Spinne. Die Beine des Tintenfischs werden Arme genannt. Sie sind wie Schlangen, die von den Ästen der Bäume herunterhängen und sich nicht bloß vorwärts bewegen, sondern sich überallhin bewegen. Die Beine der Spinne gehen vorwärts, in rhythmischen, gleichmäßigen Schritten. Aber die Arme des Tintenfischs bewegen sich wie acht Schlangen, dabei geht die eine der anderen aus dem Weg oder schlingt sich auch um die andere, und es scheint, daß dabei keine mit der anderen irgend etwas zu tun hat.

Findet der Tintenfisch irgend etwas, woran er sich halten kann, dann saugt er sich mit einem seiner Arme daran fest. Von diesem Ort aus läßt er seine Arme spielen und suchen. Erkennt er einen weiteren Halt, so saugt er sich dort auch noch fest. Das treibt er so lange, bis er glaubt, ausreichend Halt zu haben. Stellt sich aber heraus, daß ein Platz nichts taugt, so sucht er nach einem neuen Ort, von dem aus er weiterarbeiten kann.

Wenn du verwirrt bist, dann bewege deine Gedanken wie der Tintenfisch seine Arme. Nimm die erstbeste Idee. Was ist deine erste Idee dazu, wie du die Welt erobern kannst?"

"Die Ohren auszubreiten und wie die Vögel zu fliegen."

"Gehen wir davon aus, daß du deine Ohren ausbreitest und wie ein Vogel fliegst, woran könnte sich der zweite Tintenfischarm halten?"

"Ich werde dem schönsten Vogel, den ich sehe, nachfliegen."

"Also, wenn du morgen früh aufwachst, dann breite deine Ohren aus und erobere die Welt wie ein Vogel, indem du dem schönsten Vogel hinterherfliegst", sagte der König der Elefanten. Dann entschwand er.

Am nächsten Morgen breitete das Elefantenjunge die Ohren aus, schlug mit ihnen wie ein flügge gewordener Vogel, machte viel Wind, aber es erhob sich nicht in die Luft, um die Welt zu erobern. Kurz dachte es an den König der Elefanten und glaubte plötzlich dessen Stimme zu hören, die rief:

"Ich frage dich, was macht der Tintenfisch, wenn ein Platz nichts taugt, von dem aus er arbeiten will?"

"Ich weiß es nicht."

"Denk an den Tintenfisch! Er klammert sich nicht an einer Stelle fest wie die Muschel, die für alle Ewigkeit an den Bootsplanken kleben will. Der Tintenfisch ist beweglicher und unternehmungslustiger als die verkalkte Muschel. Wo sich irgend etwas bietet, klammert der Tintenfisch sich mit einem seiner Arme fest. Von diesem Ort aus läßt er seine Arme spielen und suchen. Erkennt er einen weiteren Halt, so saugt er sich dort auch noch fest. Das treibt er so lange, bis er glaubt, ausreichend Halt zu haben. Stellt sich aber heraus, daß ein Platz nichts taugt, so sucht er nach einem anderen, von dem aus er weiterarbeiten kann, und beginnt von neuem. Wenn der Tintenfisch ein Elefant wäre und mit seinen Ohren nicht fliegen könnte wie ein Vogel, was müßte er verlassen und woran könnte er sich festhalten, wenn er die Welt erobern wollte?"

"Er müßte die Idee, wie ein Vogel zu fliegen, fallenlassen, und er könnte sich daran festhalten, daß die anderen Elefanten jeden Tag das Arbeitslager verlassen."

"Woran könnte sich der Tintenfisch noch halten, wenn er ein Elefant wäre und die Welt erobern wollte?"

"Daran, daß der Elefant, der morgens zur Arbeit geht, mittags im Fluß baden darf."

"Kannst du jetzt die Welt erobern?"

"Nein."

"Warum nicht?"

"Weil ich kein Arbeitselefant bin."

"Mein lieber Welteroberer, nun hast du das zweite Tor, das Tor des Verrats erreicht, denn du bist bei jenen, zu denen du nicht gehörst. Dieses Tor öffnet sich auf die richtige Beantwortung der Frage: Wer bist du? Nun, mein lieber Welteroberer, wer bist du?"

"Ich weiß es nicht."

"Nun, mein lieber Welteroberer, wer bist du?"

"Ein Waisenkind."

"Mir kommen die Tränen. - Wer bist du?"

"Benjamin Blümchen."

"Ich bin Adam Wunderbaum; und wer bist du?"

"Ich bin der Herr des Dschungels."

"Ich bin ein Tiger, und wer bist du?"

"Ich bin der Prinz vom Ganges, der Eroberer der Herzen in der ganzen Welt."

"Mein lieber Welteroberer, nun hast du deine richtige Antwort gefunden. Nun kannst du das zweite Tor, das Tor des Verrats, durchschreiten."

Es schien so, als ob der König der Elefanten sich wieder zurückgezogen hätte. Und der Prinz vom Ganges legte sich neben den größten Arbeitselefanten im Elefantenarbeitslager zur Ruhe.

Am nächsten Morgen, als die Elefanten zur Arbeit gingen,

nahm der Prinz vom Ganges mit seinem Rüssel den Schwanz seines Schlafgefährten und trabte ihm hinterdrein. Er war nicht mehr verwirrt. Es war ihm jetzt sogar bewußt, wer er war. Vorsichtig begann er von neuem die Welt zu erobern.

Als der Prinz vom Ganges mit den anderen Arbeitselefanten auf der Rodung ankam, an der die Elefanten die Baumstämme aus dem Dschungel zum Fluß zogen, schaute er seinem Schlafgefährten zu, wie leicht und sicher er die Stämme mit seinem Rüssel jonglierte. Das gefiel im so sehr, daß er es nachmachen wollte. Er nahm sich einen Stamm, der im Fluß schwamm, umschlang ihn mit seinem Rüssel und wollte ihn hochheben. Aber als er den Stamm aus dem Wasser heben wollte, war der gewaltige Baumstamm dem jungen Elefanten viel zu schwer.

Deshalb spielte der Prinz vom Ganges mit den Stämmen, die in einem Nebenarm des Flusses im stehenden Gewässer darauf warteten, zu Flößen zusammengebunden zu werden. Schneller, als er es vermochte, sich beim Baden im Wasser zu drehen, drehten sich die Stämme im Wasser, wenn er schnell seinen Rüssel über sie hinwegzog. Es war eine Freude, mit den Stämmen zu spielen. Dann entdeckte er etwas ganz Neues, was die Arbeitselefanten bestimmt nicht kannten. Wenn er die Stämme aus dem stehenden Gewässer in das fließende Wasser brachte, schwammen sie ganz von allein den Fluß hinab.

Als der Prinz vom Ganges gerade den nächsten Stamm dem fließenden Gewässer übergab, hörte er wieder die schrecklichen Schreie der Menschen, wie damals, als er seine Mutter verlor. Diesmal galten die Schreie aber nicht seiner Mutter, sondern ihm. Er wußte nicht, wie ihm geschah. Da vernahm er wieder die Stimme des Königs der Elefanten:

"Mein lieber Welteroberer, nun bist du am dritten Tor, dem Tor des Feindes, angekommen. Dieses Tor öffnet sich auf die richtige Beantwortung der Frage: Bist du Freund oder Feind?

Auf welcher Seite stehst du? Bist du der Freund oder der Feind der Menschen, die für dein Futter und dein Bad sorgen? Wenn du die Stämme den Fluß hinabtreiben läßt, dann bist du nicht ihr Freund, dann bist du ihr Gegner."

"Ich bin ihr Freund, denn - vom Abtrennen meiner Mutter abgesehen - sie sind freundlich zu mir."

"Mein Lieber, das war die Antwort, mit der du nun durch das dritte Tor, das Tor der Feindschaft, schreiten kannst."

Der König der Elefanten zog sich wieder zurück.

Das Spiel, die Stämme vom Fluß davontragen zu lassen, war zu schön, um es einfach bloß so zu unterlassen und nur weil die Menschen es unter sich allein spielen wollten. Der Prinz vom Ganges war hin und her gerissen, ob er es den Menschen oder sich selbst recht machen sollte. Einmal wollte er es den Menschen recht machen, einmal wollte er es sich selbst recht machen. Er wußte nicht, wie ihm geschah. Da vernahm er wieder die Stimme des Königs der Elefanten:

"Mein lieber Welteroberer, nun bist du am vierten Tor, dem Tor des Zweifels, angekommen. Alle bisherigen Tore öffneten sich auf die richtige Antwort. Bei den folgenden Toren wird mehr verlangt als eine richtige Antwort. Dieses Tor öffnet sich auf deine richtige Entscheidung.

Bevor du dich entscheidest, mußt du dich zuerst - jegliche Vorurteile und Gerüchte beiseite schiebend - genau über die wirklichen Absichten und Taten der Person beziehungsweise der Angelegenheit informieren und darfst dich nicht blenden lassen.

Dann sieh dir die Früchte, die daraus hervorgehen, an, ob sie verdorrt, faulig, wurmig oder saftig, schmackhaft und angenehm sind.

Jetzt triff die erste der beiden Entscheidungen, die dir das vierte Tor öffnen; entscheide dich, ob diese Beziehung gestoppt oder unterstützt werden sollte.

Dann nimm an dir selbst eine Auswertung in Bezug auf deine Absicht und Zielsetzung vor.

Dann schau dir die Früchte deiner eigenen Taten an, ob sie verdorrt, faulig, wurmig oder saftig, schmackhaft und angenehm sind.

Lege auf die linke Seite für jede Freude, die du beim Hinablassen der Stämme in den Fluß hast, eine Frucht. Dann lege auf die andere Seite eine Frucht für jede Freude, die du mit den Menschen hast."

Der Prinz vom Ganges legte für die Geschwindigkeit, mit der die Baumstämme den Fluß hinabtrieben, eine Mango auf die linke Seite und für das Futter von den Menschen eine Mango auf die rechte Seite. Dann mußte er für das Badevergnügen mit den Menschen noch eine Mango auf die rechte Seite legen.

Da sagte der König der Elefanten:

"Nach dieser Bestandsaufnahme steht die zweite Entscheidung an. Entscheide dich für die Seite, die du unterstützen solltest. Entscheide dich für oder gegen die Menschen. Dann gib diese Entscheidung beiden Seiten bekannt."

"Ich entscheide mich für die Menschen."

"Mit dieser Entscheidung öffnet sich für dich das vierte Tor, das Tor des Zweifels, das du nun durchschreiten kannst.

Tue jetzt das Bestmögliche, um den Fortschritt der Person oder der Angelegenheit zu verbessern für die du dich entschieden hast.

Diese Handlungen bringen dich weiter in Richtung zum nächsten Tor.

Wenn du bis zum nächsten Tor kommen willst, dann bringe dich mit der neuen Person, falls du die Lager gewechselt hast, den weiteren Weg voran, oder gehe mit der Person, bei der du geblieben bist, den Weg voran, bis du am fünften Tor, dem Tor der Belastung, ankommst.

Das fünfte Tor, das Tor der Belastung, öffnet sich, wenn du den von dir angerichteten Schaden wiedergutmachst."

Der Prinz vom Ganges schwamm den Fluß hinab und schleppte Stamm für Stamm wieder zurück. Am Abend war der junge Elefant nicht nur hundemüde, er war elefantenmüde, aber innerlich fühlte er sich sehr gut und war sehr erleichtert.

Als er eingeschlafen war, erschien ihm im Traum wieder der König der Elefanten:

"Du hast bis jetzt alles sehr gut gemacht. Wenn du jetzt keine großen Fehler mehr machst, dann wirst du die Welt erobern, wie du es dir in deinen kühnsten Träumen nicht vorstellen kannst, aber vor den Erfolg haben die Götter den Schweiß gesetzt. Jetzt frage die Menschen, ob du für sie arbeiten darfst. Falls sie es dir erlauben, stehst du vor dem sechsten Tor, dem Tor des Nichtvorhandenseins. Das Tor öffnet sich nicht, wenn du das tust, was du für richtig hältst. Der Transport der Stämme auf dem Wasser nach deinem Gutdünken hat dir ja nicht das Wohlwollen der Menschen eingebracht. Deshalb frage sie jetzt, was sie brauchen oder sich wünschen. Dann erfülle ihnen ihre Wünsche. Mit der Erfüllung ihrer Wünsche öffnet sich das sechste Tor für dich."

Der Prinz vom Ganges sollte die von den gefällten Bäumen abgeschlagenen Äste am Ufer zusammentragen. Damit war er so sehr beschäftigt, daß ihm während der Arbeitszeit keine Zeit zum Unfug, aber auch keine Zeit für ein harmloses Spiel blieb. Am Nachmittag jedoch, beim und nach dem Bad, hatte er ausreichend Zeit für Vergnügungen, ja, er hatte so viel Zeit, daß er sich manchmal sogar von seinen Vergnügungen erholen mußte.

Der Prinz vom Ganges wuchs heran. Mit der Zeit wurde das Zusammentragen der abgeschlagenen Äste zur Routine und auch sehr langweilig. Deshalb nahm er nicht mehr einen Ast in seinen Rüssel und schleppte diesen zum Ufer, sondern er umschlang mit seinem Rüssel mehrere Äste gleichzeitig. Auf dem Weg von der Rodung zum Ufer ließ die Spannkraft des Rüssels allmählich nach, und er verlor immer wieder einen Ast.

Eines Tages hatte sich zwischen solch einem verlorenen Ast eine gefährliche Würgeschlange versteckt. Als ein großer, ausgewachsener Arbeitselefant einen schweren Stamm daherschleppte, richtete sich die Schlange plötzlich vor ihm auf. Der Elefant erschrak so sehr, daß er zur Seite auswich und dabei - ohne daß er es wollte - seinen Elefantenführer vom Nacken fegte, weil dieser von einem Ast festgehalten wurde. Der Führer stürzte zu Boden.

Da konnte der Prinz vom Ganges die Stimme des Königs der Elefanten wieder vernehmen:

"Du hast durch deine Unachtsamkeit, weil du die verlorenen Äste nicht alle wieder aufgehoben und mitgenommen hast, den Elefanten und seinen Führer in große Gefahr gebracht.

Es war richtig, mit der Zeit immer mehr Äste auf einmal zu tragen, wenn du mehr von der Welt sehen willst als nur den Rodungsplatz, aber bei solchen Experimenten entstehen leicht Gefahren. Damit stehst du nun vor dem siebten Tor, dem Tor der Gefahr. Wenn du eine Gefahr heraufbeschworen hast, dann darfst du diese Gewohnheiten nicht mehr weiterführen. Falls es doch passieren sollte, mußt du die Gefahr aus dem Weg räumen. Wenn sich dir das Tor öffnen soll, dann mußt du den Ast gleich wieder aufnehmen, bevor eine Schlange sich darin verstecken kann oder der nächste Elefant zu dem fallen gelassenen Ast kommt. Dann nimm dir ganz ernsthaft vor, daß diese Dinge unterbleiben. Es bleibt dir nichts anderes übrig, als deine Handlungen so zu organisieren, daß dir so etwas nicht immer wieder passiert. Außerdem mußt du etwas tun, damit du rechtzeitig bemerkst, wenn du einen Ast zu verlieren beginnst. Du kannst zum Beispiel deine Ohren aufsperren, um zu hören, ob irgendein Ast auf dem Boden schleift."

Der Prinz vom Ganges nahm die Ratschläge des Königs der Elefanten an. Er sperrte die Ohren weit auf, um auf alle Geräusche zu achten; wenn ein Ast streifte, dann ließ er alle Äste fallen, sortierte sie neu und ergriff sie wieder behutsam in der Mitte. Damit öffnete sich das siebte Tor, das Tor der Gefahr.

Die Menschen freuten sich sehr über die guten Fortschritte, die der Prinz vom Ganges gemacht hatte, und deshalb sollte er lernen, wie man einen Elefantenführer aufsteigen läßt und wie man auf seine Beinsignale reagieren sollte.

An dem Tag, als er zu lernen begann, mit dem Elefantenführer im Nacken zu arbeiten, erhob er sein Bein, damit der Führer sich daraufstellen konnte, dann schlang er seinen Rüssel um das Gesäß des Führers, hob ihn in die Höhe und setzte ihn sehr unsanft auf seine Stirn. Der Elefantenführer zwang ihn deshalb auch sehr unsanft, ihn wieder herunterzulassen. Dann holte der Elefantenführer den Elefantenhaken, um dem Prinzen vom Ganges zu zeigen, wer der Führer und wer der Geführte sei. Als der Elefant mit seinem Rüssel wieder auf den Führer zukam, stieß der ihn mit dem Haken in seinen Rüssel. Der Prinz hob seinen Rüssel zum Himmel und trompetete empört.

Da vernahm er wieder die Stimme des Königs der Elefanten:

"Du bist am achten Tor, dem Tor der Notlage, angekommen. Um dieses Tor zu öffnen, mußt du dich einschränken und alles Nichtnotwendige beiseite lassen. Es gibt nur zwei Dinge, bei denen man sich nicht einschränken darf. An erster Stelle gilt es, die Aufmerksamkeit von denen zu erhalten, mit deren Hilfe man die Karre aus dem Dreck bekommt, und an zweiter, wie man besser wird.

Laß den Elefantenführer nicht gegen seinen Willen eine Himmelfahrt erleben, beschränke dich darauf, ihm behilflich zu sein, wenn er auf deinen Nacken steigt."

Abends fragte der Prinz vom Ganges den großen Arbeitselefanten, der sein Freund geworden war, wie er ein besseres Verhältnis zu seinem Elefantenführer bekommen könne.

Der sagte zu ihm: "Laß dich einfach von ihm führen."

Der Prinz vom Ganges ließ sich daraufhin einfach von seinem Führer steuern, und so war die mißliche Lage schnell überwunden. Nun konnte er durch das achte Tor, das Tor der Notlage, schreiten. Bald war alles ganz normal zwischen ihm und seinem Führer.

Eines Nachts vernahm der Prinz vom Ganges wieder die Stimme des Königs der Elefanten:

"Du kannst mit dir sehr zufrieden sein. Du bist jetzt ein normaler Arbeitselefant geworden. Aber noch heißt du bloß Prinz vom Ganges, noch bist du es nicht. Du stehst nun vor dem neunten Tor, dem Tor der Normalität. Um dieses zu öffnen, mußt du sehr genau beobachten, was zu verkümmern und was zu überwuchern beginnt. Dann mußt du den Grund dafür finden und die Ursache beheben. Wenn sich aber etwas verbessert, mußt du ebenfalls die Ursache dafür herausfinden und den entsprechenden Einfluß verstärken. Mache das, wofür du Zuckerrohr erhältst, das nächste Mal noch besser."

Der Prinz vom Ganges hielt sich an das Gesagte, merzte das Schlechte aus und verbesserte das Gute. Durch die Kraft in seinen Muskeln waren alle Bewegungen geschmeidig, es schien wie ein Spiel, ein Tanz. Er wurde so geschickt, daß er als der fähigste Arbeitselefant im ganzen Gangestal galt. Jetzt hieß er nicht nur Prinz vom Ganges, jetzt war er der Prinz vom Ganges. Er hatte die Herzen im Gangestal erobert, aber noch nicht die in aller Welt. Trotzdem, der Siegeszug konnte fast nicht mehr aufgehalten werden. Es war nämlich so, daß der Prinz vom Ganges nun an einen Zirkus verkauft wurde, so daß er seinem bisherigen Besitzer sehr viel Geld einbrachte, mehr, als wenn er immer für ihn gearbeitet hätte.

Im Zirkus durfte er die Zirkusprinzessin in die Lüfte heben. Dem Zirkusdirektor durfte er den Zylinder vom Kopf nehmen und ihn den Zuschauern aufsetzen. So zog er mit dem Zirkus durch die ganze Welt, und überall flogen ihm die Herzen zu, wenn er dem Zirkusdirektor den Zylinder vom Kopf nahm und ihn den Zuschauern aufsetzte. Nun war er der Prinz vom Ganges geworden, der die Herzen in aller Welt eroberte.

Am nächsten Tag zogen wir südlich um den Baba Dag herum. Abends kamen wir durch ein bewaldetes Tal hinab, das in einer Ebene mit Feldern und Äckern auslief. Links von uns, im Süden, zog sich eine große Stadt an einem Berghang entlang. Die Häuser waren an den Steilhang geklebt, so daß es wie ein antikes Amphitheater aussah. Die Stadt wirkte auch so tot wie ein antikes Theater, und es war auch kein Minarett zu sehen.

War das ein Trugbild? Hatte mir auf dem Baba Dag die Sonne geschadet? War das ein antikes Theater? - Es war kein Theater, es waren Häuser, richtige Häuser, wenn auch zerfallen. Bei den Häusern waren die Türen und Fenster ausgehängt. Kein Mensch war anzutreffen, keine Katze lief über den Weg oder sonnte sich irgendwo. Salbei wuchs auf den Stufen, die den Hang in der Stadt hochführten. Die Stadt schien unbewohnt, schien tot zu sein.

Die Stadt hieß Kaya, wie sich später herausstellte.

Wir nahmen sie in Beschlag, das heißt, jede von uns bezog mit ihren Kindern ein leerstehendes Haus.

Zwischen den Häusern gab es keine Gärten. Dort lag kein Krümchen Erde. Kaya war eine Steinwüste, und wie die Schwalbennester an die Hauswand, so waren die Häuser Kayas an den Fels geklebt, eines dicht am anderen.

Wenn es Erde gab, dann hatte sie der Regen in die Ebene hinabgespült. Dementsprechend war die Ebene fruchtbar. Dort war Tabak und Mais angepflanzt.

Es sprach nichts dagegen, hier zu bleiben, und so blieben wir.

In der Ebene legten wir Beete an.

Wenn wir das Wasser nicht am Brunnen im Tal hätten holen wollen, hätten wir die Zisternen und die Dächer ausbessern müssen, damit das Regenwasser vom Dach in der Zisterne hätte gespeichert werden können.

In der Ebene lag das Dorf Kayaköy. Im Gegensatz zur Stadt Kaya war das Dorf Kayaköy bewohnt.

Eine alte Frau erzählte mir: "Damals, als Atatürk die Fremden aus Anatolien vertrieb, mußten alle fremden Bewohner von einem Tag auf den anderen die Türkei verlassen. Kaya war fast ausnahmslos von Griechen bewohnt. Kein Türke wollte damals in Kaya wohnen, da zum einen die Toiletten stanken, weil die Vorgänger keine Lunge hineingeworfen hatten, die den Verwesungsprozeß für die Nase erträglicher gemacht hätte, zum anderen sind die Häuser mit Blau getüncht, der Nationalfarbe der Griechen."

So wurde Kaya durch die Befreiung von den Fremden über Nacht eine tote Stadt. Wenn Holz gebraucht wurde, holten wir es aus den Häusern. In der Kirche gab es kein Holz mehr. Das wurde schon alles zum Kochen verbraucht.

Ganz ausgestorben war Kaya allerdings nicht. In ein paar Häusern waren in der Zwischenzeit wieder Fremde eingezogen, Armenier und Zigeuner. Aber wir wußten nichts über sie.

Die alte Frau wollte wissen, was uns hierhergeführt habe und was wir weiter vorhätten. Ich erzählte ihr, daß wir bei einer Feuersbrunst Männer und Häuser verloren hätten. Eigentlich war die Frau so nett, daß sie nicht hätte belogen werden müssen, wenn aber die anderen Bewohner von Kayaköy die Wahrheit erführen, dann würden sie uns entweder steinigen oder wie Aussätzige behandeln. Und unsere Kinder würden ebenfalls wie Aussätzige behandelt werden, und das war den Kindern nicht zuzumuten.

So hängt nun eine Unwahrheit zwischen Kaya und Kayaköy.

Wir hatten in Kaya eine neue Heimat gefunden, und ich hatte mein Ziel, mich nie mehr von einem Mann verprügeln zu lassen, erreicht. Meinem zweiten Mann, der auf dem Flughafen in Deutschland bald auf mich wartet, käme so etwas nie in den Sinn.

Dann schwieg Fatma. Offensichtlich spürte sie die Narben, die das Ganze doch hinterlassen hatte. Peter aber wollte noch mehr wissen. Deshalb fragte er sie: "Wie war das denn mit der ominösen babylonischen Liebesschule?"

Fatma seufzte.

Die Geschichte mit Öscan hat so angefangen, erzählte sie: Mein Vater, mein Onkel und ich waren in Izmir aktive Mitglieder bei der "Vereinigung Fortschritt für die Türkei". Immer wieder kritisierte diese Vereinigung die die Gesellschaft betreffenden, überholten Vorstellungen sehr heftig, und wir erarbeiteten für eine fortschrittlichere Gesellschaft Programme. Den ewiggestrigen Kreisen war diese Vereinigung oft umstürzlerisch und gefährlich erschienen.

So wie wir Programme entwickeln, um den Fortschritt in der Bevölkerung voranzubringen, so entwickeln unsere Gegner Programme, um uns, ihre Feinde, auszuschalten. Mehrere Programme sollen ein Szenario entstehen lassen, und sieben Szenarien ergeben das Modell, mit dem sie ihre Feinde ausschalten wollen. Das Modell, das unsere Tätigkeit unterbinden sollte, wurde "Hyäne" genannt.

Das siebte Szenario eines Modells, das als erstes inszeniert wird, benützt Worte - geschriebene und gesprochene - und besteht aus Lügen über den Gegner und Verleumdungen seiner Mitglieder, insbesondere der führenden Köpfe. Sollte das siebte Szenario nicht greifen, dann wird das nächste eingefädelt. Das sechste Szenario eines Modells benützt Geld. Genaugenommen wird dem Gegner auf jede mögliche Art Geld genommen oder vorenthalten. Helfen Geld und Worte nicht, das Ziel zu erreichen, dann wird das fünfte Szenario, die juristische Maschinerie, in Bewegung gebracht, um die Feinde festzusetzen. Bleibt der Feind nicht in den Maschen der Justiz hängen, so wird das vierte Szenario in Gang gesetzt, welches darin besteht, den Feind zu unrechtmäßigen Handlungen zu provozieren, so daß er über das geltende Recht stolpert und endgültig in den Maschen der Justiz hängenbleibt und zusätzlich mit Gerichts- und Anwaltskosten um sein Geld erleichtert wird. Läßt sich aber mit diesen offensichtlichen Mitteln ein Feind nicht bezwingen, dann werden versteckte Mittel eingesetzt. Diese bestehen in der Verabreichung von Drogen und Hypnose, möglichst noch unter gleichzeitigem Hinzufügen von Schmerzen. Sollte sich der Feind weder von Alkohol oder Drogen beeindrucken lassen noch auf Hypnose ansprechen, dann wird das zweite Szenario in Gang gebracht. Das ist so supergeheim, daß fast niemand jemals davon gehört hat. Beim zweiten Szenario handelt es sich um Verrückte, die ferngesteuert, ohne daß sie es selbst wissen, Schaden anrichten. Die Amokläufer, die geisteskranken Brandstifter und die geisteskranken Mörder sind die Akteure des zweiten Szenarios. Ist der Kopf oder sind mehrere Köpfe gerollt, kommt das erste Szenario in Gang. Die Zentrale des Feindes wird durch eigene Leute besetzt. Dadurch ist der Gegner nun endgültig ausmanövriert, und sie können die Suppe nach ihrem Geschmack kochen.

Die Fortschrittsvereinigung hatte ihr Modell bekommen, und das siebte Szenario wurde inszeniert. So gab es immer wieder Informationskampagnen gegen die "Vereinigung Fortschritt für die Türkei". Die Ewiggestrigen überspannten den Bogen oft. Aber gleich war wieder ein neuer Bogen vorhanden, mit dem Giftpfeile auf die Fortschrittsvereinigung abgeschossen werden konnten. Die bevorzugten Unterstellungen der Ewiggestrigen waren: geplanter Umsturz, geplante Revolution und Anarchie. In der Presse, im Radio und im Fernsehen wurden gezielte Kampagnen gegen die Fortschrittsvereinigung durchgeführt, in denen diese gefährlicher dargestellt wurde als der verbotene Sufi-Orden, den schwarze Magier fest im Griff haben. In den Teehäusern wurde von der Fortschrittsvereinigung als einer Gefahr für Leib, Seele, Familie und Volk geredet.

Die "Vereinigung Fortschritt für die Türkei" wurde als das tausendköpfige Ungeheuer angeprangert, dem zwei Köpfe nachwachsen, wenn ihm ein Kopf abgeschlagen wird. Der wirkliche Grund aber war, daß die übermächtigen Ewiggestrigen kalte Füße bekamen, wenn die Fortschrittsvereinigung Anhänger gewann, weil sie dann ihren Machtmißbrauch nicht mehr in dem gewohnten Maß fortführen konnten.

Deshalb war den Ewiggestrigen auch kein Aufwand zu schade, alles zu tun, um die Ausbreitung der Fortschrittsvereinigung zu verhindern, dieses "Ungeheuer" einzupferchen, so lange zu vergiften, bis es stirbt und damit dann endgültig ausgeschaltet bleibt.

Nachdem die gegen uns gerichteten Informationskampagnen die Mitgliederzahl der Fortschrittsvereinigung nicht verkleinerten, sondern entgegen allen Erwartungen vergrößerten, glaubten die Konservativen, um ihre Macht zu erhalten, zu einem anderen Mittel greifen zu müssen.

Da mit Worten in den Medien der gewünschte Erfolg in den Augen der Gegner nicht erreicht wurde, konzentrierte sich die Gegnerschaft auf das Geld ihres Feindes. Szenario sechs war angelaufen. Der Vermieter der Räume, in denen sich die Vereinigung etabliert hatte, wurde dazu angestachelt, nachdem unsere Popularität angeblich nicht nur auf den Nullpunkt gesunken sei, sondern sich ins Negative gewendet habe, die Miete zu verdoppeln und eine Kaution in Höhe einer Jahresmiete zu verlangen, weil man mit zerstörerischen Angriffen, wie Steine in die Fensterscheiben werfen oder mit dem Anzünden der Räume, rechnen müsse. Das war ein harter Schlag gegen die ohnehin leichte Kasse, und wären nicht einige finanziell gut dastehende Anhänger der Fortschrittsvereinigung zu Hilfe gekommen, wäre die "Vereinigung Fortschritt für die Türkei" über Nacht ohne Räume, mit all den Papieren, Zeitungen und Büchern auf der Straße gestanden.

Nachdem die Fortschrittsvereinigung weder mit Worten noch mit Geld kleinzubekommen war, versuchten es unsere Gegner mit juristischen Mitteln; das Szenario fünf wurde in Gang gebracht. Der Vereinigung wurde der Prozeß wegen Aufweichung der sittlichen Werte gemacht. Gekaufte Zeugen aus der Falschinformationskampagne erschienen vor dem Gericht.

Gegen meinen Onkel, den damaligen Führer der Vereinigung, wurde wegen Unterschlagung von Steuergeldern geklagt. Dem Gericht gelang es aber nicht, die Unterschlagung nachzuweisen.

Kurz darauf gelang es jedoch den Behörden, meinem Onkel die Einfuhr verbotener Literatur nachzuweisen. Der Zoll hatte ein Päckchen öffnen lassen, in dem sich verbotene Literatur befand, und so mußte mein Onkel für zehn Jahre ins Gefängnis. Der erste Kopf ihrer vermeintlichen Hydra war eingeklemmt, ohne daß zwei Köpfe nachwuchsen. Aber dafür bewegten sich die neunhundertneunundneunzig Köpfe des Ungeheuers um so heftiger.

Die Fortschrittsvereinigung war vorsichtiger geworden. Die Gegenkampagnen liefen immer noch weiter, aber nicht mehr so marktschreierisch wie früher; jetzt wurde mehr hinter vorgehaltener Hand gesprochen. Es wurde mehr gemutmaßt, Indizien hervorgebracht. Die Fortschrittsvereinigung wurde erst wie von einem brüllenden Löwen angegriffen, dann wurde die Taktik zur finanziellen oder juristischen Würgeschlange verändert, bis sie in der nächsten Phase den Attacken einer hinterlistigen Giftschlange glich.

Mein Vater vertrat seinen eingekerkerten Bruder in der Fortschrittsvereinigung so gut wie irgend möglich. Nun wurde er von den Gegnern aufs Korn genommen. Er wurde zu ungesetzlichen Handlungen provoziert. Szenario vier wurde in Gang gebracht. Man versprach ihm, Kontakt zu einem Mann aufzunehmen und durch dessen Künste unseren Erzfeind auszuschalten. Er wollte wissen, was das für ein Mann sei. Ihm wurde erklärt, daß er ein hervorragender Mann sei und keine Spuren hinterlasse. Er sei ein hoher Meister der Magie. Die Ausschaltung des Erzgegners kostete Geld, viel Geld. Es war ein Vermögen. Mein Vater fragte, wie es bezahlt werden solle, und ihm wurde erklärt, natürlich könne er keine Rechnung für die Liquidation seines Erzgegners bezahlen. Aber er könne es als meine Mitgift angeben, und ich solle an einen reichen Bauernsohn in der Nähe von Kasch zum Schein zur Ehe versprochen werden.

Nachdem das Versprechen vereinbart war, trat der Magier erfolgreich in Aktion, und der Erzfeind meines Onkels hatte einen tödlich verlaufenden Unfall.

Der zum Schein eingegangene Ehevertrag war aber so verzwickt, daß er nicht mehr gelöst werden konnte, wenn unserer Familie nicht ein noch größerer Schaden zugefügt werden sollte, denn dann hätte meine Schwester die Brautstelle einnehmen müssen, und die Mitgift wäre nochmals fällig geworden. So wurde ich zum Opfer für die Familie und die Vereinigung. Ironischerweise mußte ich genau das erleben, gegen das wir in der Vereinigung ankämpften.

Der Tag, an dem die Hochzeit sein würde, war nicht festgelegt worden. Mein Vater weigerte sich, den Tag zu nennen. Um ihn endgültig in den Griff zu bekommen, wurde Szenario drei inszeniert. Dabei erinnerten sich unsere Gegner der Methode, wie Hassan Ibn Sabbah im mittleren Orient Kamelladungen von Gold und schöne Mädchen erpreßte.

Hassan baute auf der Spitze eines Berges eine Festung. In der Mitte der Burg errichtete er ein Paradies von Milch und Honig. Er verpflichtete mehrere Dutzend von Huris, das sind Paradiesmädchen nach dem Koran, an seinen Hof und lehrte sie, wie man einem Mann Vergnügen bereitet. Von Zeit zu Zeit sandte er ein paar seiner Leute nach einem gutaussehenden jungen Mann aus, der ihr Opfer werden und auf die Festung geschleppt werden sollte. Sie brachten den Ausgewählten in ein Kaffeehaus und verabreichten ihm in der Wasserpfeife ordentlich Haschisch. Dann schlugen sie ihn bewußtlos und kehrten mit ihm auf die Festung zurück. Wenn er das Bewußtsein wiedererlangte, saß er in einem Garten, in dem wirkliche Bäche von Milch flossen und in dem sich erregend anzuschauende Paradiesmädchen tummelten.

Wollte er wissen, wo er sei, wurde ihm geantwortet: "Du bist im Himmel, dies ist das Ziel." Im vorgegaukelten Himmel war es ihm, als wäre er wirklich im Himmel. Nach zwei bis drei Tagen wurde ihm gesagt: "Du wurdest vorzeitig in den Himmel gebracht. Aber wenn du eine kleine Aufgabe für Allah erfolgreich ausführst und bei dieser Aufgabe den Tod findest, so wirst du sofort wieder in den Himmel kommen."

Erneut griffen sie nach ihrem beliebten Operationsinstrument, indem sie ihm wieder unbemerkt Haschisch verabreichten. Dann brachten sie ihn den Berg hinab in die Nähe des Palastes, wo ihm gesagt wurde: "Die eine Tat, die dich wieder in den Himmel bringt, ist die Enthauptung des Sultans." In seinem Glauben, das Richtige zu tun, schnellte der Verführte mit gezücktem Krummschwert aus der Menge hervor und hieb dem Sultan den Kopf ab.

So handhabte schon vor siebenhundert Jahren Hassan Ibn Sabbah Szenario drei und zwei.

Wie Hassan Ibn Sabbah als Operationsinstrument Haschisch verwendete, so verwendeten die Gegner der Fortschrittsvereinigung Haschisch, um ihr Ziel zu erreichen. Auf den Vorwand hin, den Ehevertrag für beide Seiten auf befriedigende Weise zu lösen, ließ mein Vater sich wieder mit dem Gegner ein, denn tatsächlich konnte ich mit keinem anderen Mann eine Ehe eingehen, solange der alte Ehevertrag bestand.

Mein Vater traf sich mit einer Abordnung der Gegner. Es wurde Tee getrunken und Haschisch geraucht. Unter der benebelten Wirkung des Haschisch wurde mein Vater zu einem Abklatsch der Huris gebracht, bei denen er feine und ausgefallene Freuden genoß.

Nachdem er eine Nacht lang die Aufmerksamkeit und Liebe genossen hatte, wurde ihm von einer der Damen gesagt, wenn er die Hochzeit auf einen Tag innerhalb der nächsten sechs Wochen festlege, würde ich einen ebenso kunstvollen Liebhaber zum Mann bekommen, wie er die Nacht über kunstvolle Liebhaberinnen genossen habe. Auch würden sie ihm, wenn er den Tag in diesem Rahmen festlege, nochmals für sechs Tage und Nächte zur Verfügung stehen.

Für das große Glück seiner Tochter legte er den Tag der

Hochzeit innerhalb dieser Frist fest und kam begeistert nach Hause mit der Nachricht, welches Glück mir widerfahren würde.

Aber schon bei der Hochzeit zeigte sich der neugebackene Ehemann nicht von der feinsten Art, so daß man eher auf Dschingis Khan als auf einen feinen Liebhaber schließen konnte. Das bestätigte sich dann auch in der folgenden Nacht - leider zu spät.

Jahre hatte ich seine Demütigungen hingenommen, bis er wieder einmal zu weit gegangen war, aber das habe ich ja schon erzählt.

*

Peter bemerkte, daß Fatmas Gesicht durch die Erzählung müde Züge angenommen hatte, und bestellte für alle drei noch mal Tee.

Zeynep meinte: "Jetzt kann ich ja mal erzählen, wie es in Kaya weiterging, falls Sie noch zuhören möchten." Er wollte nicht nur, er war begierig, mehr zu erfahren, und sagte: "Ich höre gerne zu."

ZEYNEPS ERZÄHLUNG
- Kaya -

Die tote Stadt war eine gütige Fügung Allahs, der mit den Mutigen ist. Auch wenn die Dächer und Zisternen in Ordnung gewesen wären, hätten wir am Brunnen Wasser holen müssen, denn es hatte noch nicht geregnet.

Wir hatten uns vor zehn Tagen in Kaya niedergelassen, und ich holte Wasser am Brunnen. Plötzlich stand ein Mann neben mir. Ich zuckte zusammen, denn ich hatte nicht bemerkt, wie er gekommen war. Das Plätschern des Wassers und das Lichtspiel der Wellen mit der Sonne im Wasser hatten mich in Tagträume entführt, weg von der zermürbenden Hitze des Sommers, der die Gräser verdorrt, Risse in den Boden reißt und die Bewegungen mühsam werden läßt, hin zum Frühling, wenn die Welt wiedergeboren wird, wenn die Keimblätter aus dem Boden sprießen, die Zweige ausschlagen, die Knospen aufspringen und die Blumen zu blühen beginnen. Der Mann hatte ein ovales, zum Kinn zulaufendes Gesicht, keine buschigen Augenbrauen und keinen buschigen Oberlippenbart. Seine Gesichtshaare waren lichter, als ich es von den Türken gewohnt war. Ich war überzeugt, daß er einer der Zigeuner sei, die hier wohnten. Ich nahm den ersten vollen Wasserbehälter und wollte schnell die Hälfte in den fast noch leeren zweiten Behälter gießen, um fort- und dem Zigeuner aus dem Weg zu gehen. Da sprach er mich an:

"Warum machst du nicht beide Behälter ganz voll? Warum gießt du das Wasser von einem Behälter in den anderen?"

"Weil ich nicht - ohne Begleitung - mit Zigeunern zusammensein will."

"Dann brauchst du vor mir nicht davonzulaufen. Ich bin kein Zigeuner."

"Die Leute in Kayaköy sagen, daß ihr Zigeuner seid."

"Es ist nicht alles wahr, was die Leute sagen."

"Du siehst aber aus wie ein Zigeuner."

"Die Zigeuner und die Inder gleichen sich so sehr in ihrem Aussehen, daß sie oft verwechselt werden."

"Wenn du ein Inder bist, dann bist du bestimmt auch Moslem. Es gibt ja viele Moslems in Indien."

"Was wäre, wenn ich kein Moslem wäre?"

"Dann bist du ein Ungläubiger, und wir werden dich meiden."

"Ich bin kein Moslem. Warum seid ihr so intolerant gegen Andersgläubige? Gibt es für euch nur die siebenundvierzigste Sure, gibt es für euch denn die hundertundneunte Sure des Korans nicht?"

Ich kannte die einhundertundneunte Sure, sie heißt:

Die Ungläubigen

Im Namen Allahs, des Gnädigen, des Barmherzigen.

Sprich: "O ihr Ungläubigen!

Ich verehre nicht das, was ihr verehret,
Noch verehrt ihr das, was ich verehre,
Und ich will das nicht verehren, was ihr verehret,
Noch wollt ihr verehren, was ich verehre.
Euch euer Glaube und mir mein Glaube."

"Weißt du, was das bedeutet?" fragte er mich. "In der einhundertundneunten Sure des Korans ist den Moslems die Toleranz gegen die Andersgläubigen aufgetragen. Aber es gibt nicht nur eine diktierte, vielleicht lästige Pflicht, es gibt auch etwas zu wissen dazu, so daß du es verstehen kannst. Buddha hat es in dem Gleichnis von den drei Blinden und dem Elefanten aufgezeigt."

"Dieses Gleichnis kenne ich leider nicht."

"Dann erzähl' ich es, nicht genau, wie Buddha es erzählt hat, denn er erzählte es den Indern. Ich erzähle es, wie Buddha es vielleicht hier erzählt hätte."

Die drei Blinden und der Elefant

Vor einem Stadttor saßen drei Männer, die sich stritten. Aus ihrem Reden ging hervor, daß der erste ein Jude, der andere ein Christ und der letzte ein Moslem war. Wie die Religion eines jeden dieser drei erklärt und versichert, daß sie die allein richtige sei, so war auch ein jeder von ihnen davon überzeugt, daß er allein im Besitz der einzig richtigen Wahrheit sei. Da der Streit nicht beigelegt werden konnte, beschlossen sie, einen Mann, der weder Jude, Christ noch Moslem war, zu bitten, die Wahrheit herauszufinden.

Den ersten, der vorbeikam, fragten sie, ob er sich zu ihnen setze und bei einer schwierigen Frage helfen könne? Der Mann setzte sich zu ihnen und wollte wissen, welche Frage sie beantwortet haben wollten. Sie sagten, daß sie sich nicht einigen könnten, wer im Recht sei. Da forderte er sie auf, daß einer nach dem anderen seine Sicht vortragen solle. Jeder erklärte nun, warum er glaube, im alleinigen Besitz der Wahrheit zu sein.

Nachdem alle drei Überzeugungen vorgetragen waren, erzählte der Herbeigebetene:

"Vor einem Tor saßen drei Blinde, die stritten, wie ein Elefant aussehe. Jeder behauptete etwas anderes, obwohl keiner jemals einen gesehen hatte und ein jeder nur erzählte, was er von anderen gehört hatte. So beschlossen sie, um in dieser Sache weiterzukommen, daß ein jeder, wenn ein Elefant vorbeikomme, ihn betasten und so aus eigener Erfahrung Kenntnis über Elefanten bekommen solle.

Als ein Elefant vorbeikam, baten sie den Führer, den Elefanten für sie festzuhalten, damit sie ihn betasten könnten, um nicht mehr auf widersprüchliche Aussagen anderer angewiesen sein zu müssen.

Der Besitzer hielt den Elefanten an, und die drei Blinden befühlten ihn. Der erste bekam den Rüssel, der zweite das Bein und der dritte den Schwanz des Elefanten zu fassen. Der Elefantenführer fragte die drei: 'Kennt ihr nun einen Elefanten?' Jeder bejahte. Dann fragte er: 'Nun, wie fühlt er sich an?'

Der erste sagte: 'Er ist wie eine feuchte Hand, die sich immerzu schließen will und sich doch gleich wieder öffnet.'

Der zweite sagte: 'Das ist nicht richtig, der Elefant ist wie ein Baum mit einer rissigen Rinde.'

Der dritte sagte: 'Das ist nicht wahr, der Elefant ist wie ein Seil, das am Ende ausgefranst ist, mit vielen Haaren.'

Darauf sagte der Elefantenführer: 'Ein jeder von euch sagt die Wahrheit. Aber ein jeder kennt nur einen Teil des Elefanten, so hat jeder recht, obwohl jeder etwas anderes erkannt hat.' Damit verließ er sie und zog durch das Tor in die Stadt."

Als der Inder mit seinem Gleichnis geendet hatte, sagte ich zu ihm: "Ich werde mich nicht mehr mit dir über die Religion streiten. Und ich habe auch keine Angst mehr vor dir."

Sein Gesicht war nicht sorgenzerfurcht. Kein Gesichtsmuskel war angespannt. Eine wohlige Ruhe ging von ihm aus, wie zur Mittagszeit, wenn Pan schläft, oder wenn am Abend die Sonne hinter dem Horizont versunken ist und der Abendfrieden sich ausbreitet.

Ich dachte bei mir, er ist sehr nett, wenn er nur ein Moslem wäre.

Wenn wir unsere Tiere zum Weiden nach Norden in die Berge führten, konnten wir die nächste Stadt sehen, die zwei Moscheen hat. Diese Stadt heißt Fethiye. Sie hat auch einen Markt. Nach einer Auskunft im Dorf Hisaröni, an dem wir vorbeikamen, wenn wir die Tiere nach Osten zum Weiden führten, wußten wir, daß der Markt jeden Montag um neun Uhr beginnt. Der Weg zum Markt war drei Stunden zu Fuß. In der Morgenkühle war es nicht beschwerlich, aber der Rückweg mit seinem dreistündigen Aufstieg in das Gebirge war so mühsam wie in Kasch.

Der Markt bringt erstens Abwechslung und zweitens Geld ein, deshalb wollten wir auf dem nächsten Markt Weißkäse verkaufen.

Am nächsten Montag besuchten wir dann den Wochenmarkt in Fethiye. Er war größer als der in Kasch, aber er zog sich nicht den Berg hoch wie in Kasch. Zwischen dem Ufer und dem Anstieg des Berges war mehr Raum. Die Händler spannten wie in Kasch über die Marktstände Laken, die Schatten spendeten. Die Bauern boten ihre Waren auf dem Boden in der Sonne an. Auf den Tischen lag oder türmte sich Obst oder Gemüse. Stoffe, Kleider, Schuhe, Gewürze, Räucherwerk standen zum Kauf. Eier, Küken, die durcheinanderhüpften und piepsten, geschlachtete Hühner, Tee, Süßigkeiten wechselten den Besitzer. In der Markthalle wurden Getränke, Fleisch und Fisch feilgeboten. In der Mitte der Markthalle, im Innenhof, wo der Brunnen rieselte, wurde von den Bäuerinnen Weißkäse zum Verkauf angeboten.

Als wir in der Markthalle ankamen, hockten schon mehrere Bäuerinnen da, die auch ihre Ware verkauften. Die Kunden gingen zu den ihnen bekannten Bäuerinnen.

Wir befürchteten, auf unserer Ware sitzenzubleiben. Ohnehin wurden wir von den ansässigen Bäuerinnen beäugt und ausgefragt, woher wir kämen und ob wir in Zukunft öfter kommen würden, so daß wir uns nicht mehr wohl in unserer Haut fühlten. Wir sagten uns, wenn wir hier etwas verkaufen wollen oder irgendwo anders, dann müssen wir uns etwas einfallen lassen, um Kundschaft zu gewinnen.

Fatma hatte die Idee, daß wir Geschichten erzählen sollten, um die Aufmerksamkeit auf uns zu ziehen. Alle fanden diese Idee gut.

Ich wußte, daß Fatma oder ich beginnen müßten, weil den anderen der Mut dazu fehlte. Doch wie sollte ich es anfangen? Sollte ich mich hinstellen, in die Hände klatschen und sagen: "Herhören, Leute!" Nein, so hätte ich mich auf dem kürzesten Weg unbeliebt gemacht. Als plötzlich ein Mann meinen Käse und dann mich anschaute und lächelte, fragte ich ihn, ob er die Fabel vom Mistkäfer und der Biene kenne? Er verneinte. Da begann ich sie ihm zu erzählen. Die Erzählung weckte die Neugierde der Leute. Im Nu waren wir umringt, jeder wollte die Geschichte hören. Immer mehr Leute blieben stehen. Die Fabel vom Mistkäfer und der Biene war die erste Geschichte, die wir auf dem Markt erzählten.

"Kennen Sie die Fabel vom Mistkäfer und der Biene?"

"Nein, aber Sie können sie mir ja erzählen", sagte Peter, "wir haben ja noch jede Menge Zeit, bis zu unserem Abflug."

Da erzählte Zeynep:

Der Mistkäfer und die Biene

Seit geraumer Zeit hatte in der Turmruine ein Eulenpaar genistet. Dann war das erste Junge geschlüpft. Die Eltern waren seit dem frühen Morgen unterwegs. Sie holten Futter für das Kleine. Es dauerte länger als irgendwann zuvor. Das Junge schrie und schrie - vergebens. Die Eltern kamen am Abend nicht und auch nicht in der Nacht. Das Junge schrie so erbärmlich und ausdauernd, daß die anderen Tiere es nicht mehr überhören konnten. Auch der Mistkäfer hörte das erbärmliche Schreien des Jungen.

Der Mistkäfer, meist träge in der Bewegung, aber rege im Verstand, hat nur eine große Klappe. Er krümmt keinen Finger. Alles, was er kann, ist, im Unrat zu wühlen und nur Mist oder vom Mist zu erzählen. Er versteht es sogar, Gutes in Schlechtes zu verdrehen. Er freut sich nicht über die wärmenden Sonnenstrahlen. Er, der ohne die wärmenden Strahlen der Sonne seine Glieder nicht bewegen kann, weiß nur über ihre stechende Hitze zu klagen. Er möchte nichts lieber als alles zerstören, am allerliebsten unter dem Deckmantel von Hilfe. Er taktiert nicht bloß, sein Taktieren ist ein Tyrannisieren. Er tyrannisiert nicht nur seine Opfer, er tyrannisiert auch seine Helfershelfer. In seiner Umgebung ist immer jemand krank, der von ihm fertiggemacht worden ist. Wo er auftaucht, begehen andere Fehler und dumme Dinge, und wenn er weg ist, bleiben die Fehler und Dummheiten aus. Oft beginnt er seine Angriffe wichtigtuerisch mit einer Verallgemeinerung. Er sagt: "Jeder weiß" oder "alle Leute denken" oder "sie sagen" oder "es ist ja bekannt" oder "bekanntlich" oder "wie man weiß". Die Verallgemeinerungen sind typisch für ihn. Derjenige, dem er seine Geschichte auftischen will, fühlt sich betreten, weil er denkt, nur er sei so dumm, da er das vermeintlich Bekannte nicht weiß.

Als der Mistkäfer das Junge schreien hörte, überlegte er: wenn die Eltern so lange ausbleiben, kommen sie vielleicht überhaupt nicht mehr, dann wäre das Junge für mich eine ausgefallene Kostabwechslung. Als er sich das ausmalte, lief ihm das Wasser im Maul zusammen. Am liebsten hätte er den Braten gleich verzehrt, ja sogar mit Recht, denn ohne Eltern konnte das

Junge sowieso nicht am Leben bleiben.

Leider lebte es noch. - Er sagte sich, wenn man damit Schwierigkeiten hat, daß es lebt, dann muß man bei der natürlichen Auslese der Lebensfähigen der Natur etwas unter die Arme greifen.

Der Mistkäfer brauchte noch einen Komplizen, der die erforderlichen "Vorarbeiten" erledigte, denn noch lebte das Junge, und er könnte leicht selbst zum Fraß der jungen Eule werden.

In Hörweite des Mistkäfers suchte eine Wespe an einem Pfirsichstein nach etwas Nahrhaftem. Sie wollte gerade zum Abflug ansetzen, da entdeckte er sie. Er rief ihr ein Hallo zu. Sie wendete ihren Kopf, um den Gruß zu erwidern. Daraufhin begann er: "Du siehst aber abgemagert und blaß aus, ist dir nicht gut?" Die Antwort unterbindend, fuhr er fort: "Du mußt nicht den ganzen Tag herumfliegen, sonst bist du am Abend erschöpft!"

Die Wespe war nicht abgemagert, sie hatte nur eine schlanke Taille, und das Fliegen bedeutete ihr mehr als das Fressen. Sie fühlte sich weder abgemagert noch erschöpft. Trotzdem ging sie auf sein Geschwätz ein, denn wenn er mit seiner Bemerkung meinte, daß sie hungrig sei, dann hatte er recht.

Verschmitzt erkundigte er sich: "Hast du heute schon einen guten Braten, etwas Leckeres oder etwas Nichtalltägliches gehabt?" Sie verneinte. Er verbiß das Grinsen, so daß sein Maul ganz schief stand - auf der einen Seite sah es aus als ob er lächle, auf der anderen, als ob er ganz ernst oder gar traurig sei. Und er fuhr fort: "Ah, dann hast du ja ein stinknormales Leben, um nicht zu sagen ein saulangweiliges. Du willst es nicht einmal ändern. Dir gefällt das fade Einerlei. Du fühlst dich wohl dabei!"

Sie hatte genügend Abwechslung, aber um den Angriffen des Wortfechters nicht weiter ausgesetzt zu sein, stimmte sie ihm zu und sagte, daß sie es ändern wolle.

Mit einem Bein schon stand er in ihrem Vertrauen und versuchte nun, verstohlen die Tür hinter sich zu schließen, damit sie nicht mehr entrinnen konnte. Er sagte: "Laß es nicht nur beim guten Vorsatz bewenden, sondern lege gleich los. Übrigens, ich habe für dich einen vortrefflichen Braten!" Das Versprechen wurde im selben Atemzug gleich wieder eingeschränkt, indem er sagte, daß der Braten für sie beide reichen würde. "Gehen wir hin und machen wir uns daran", forderte er die Wespe auf.

Sie fühlte sich geschmeichelt, daß sie von ihm eingeladen wurde, und fragte: "Was ist das für ein Braten, der für uns beide reicht?"

Mit der Bemerkung: "Laß dich überraschen!" wich er der Antwort aus.

Sie flogen nun schon eine Zeitlang entgegen ihrer geplanten Richtung, da fragte die Wespe: "Wie weit müssen wir noch fliegen?"

Der Mistkäfer erwiderte: "Wir sind bald da, aber wahrscheinlich kommen wir sowieso zu spät!" Dann erklärte er: "Einen Fehler hat der Braten, er lebt noch, und so kannst du mir beweisen, wie gut du deinen Stachel führen kannst!"

Sie fühlte sich zu Unrecht angegriffen, denn sie konnte ihren Stachel besser führen, als viele andere ihres Nestes, und so wollte sie die Anzweiflung ihrer Fähigkeit nicht auf sich sitzen lassen.

Eigentlich wollte sie jemanden, der ihr nichts getan hatte, nicht töten. Heiliges Wespengesetz ist, daß dies nur der Not vorbehalten bleibt. Um vor ihm bestehen zu können, wollte sie jedoch den heiligen Grundsatz aller Wespen brechen; auch um zu verhindern, daß von der Mistkäferzunge weitere Giftpfeile auf sie abgeschossen würden.

Plötzlich kam ein Auto angerast. Der Mistkäfer prallte gegen die Windschutzscheibe und wurde in die Luft geschleudert, so daß er nicht mehr wußte, wo er war. Dann landete er auf dem Boden. Dort kroch eine Raupe, die sich bald zu einem Zitronenfalter verpuppen würde. In seinem Zorn, die Kontrolle verloren zu haben, traktierte er die Raupe mit seinen Füßen. Der Mistkäfer pflaumte sie an: "Bleib von der Straße weg, und sieh zu, daß du dich endlich verpuppst und nicht unendlich Löcher in Blätter frißt, so daß sie hinterher wie ein Sieb aussehen!"

Nachdem er sich an der Raupe abreagiert hatte, entdeckte er eine Schmeißfliege. Da der Eulenbraten für einen dritten auch noch ausreichen würde und um das Risiko zu verringern, wurde die gelehrige Schmeißfliege noch hinzugezogen. Der Plan war jetzt, daß die Schmeißfliege das Junge übertölpeln durch Ausdauer fertigmachen und es aus seinem Gleichgewicht bringen sollte. Dann sollte die Wespe den Stachel an die Kehle setzen, gekonnt, versteht sich.

Für das Junge waren ein Mistkäfer, eine Wespe oder eine Schmeißfliege etwas, was es sich von seinen Eltern erwarten konnte. Hier kamen drei solcher Happen angeflogen. Aber es würde keinen davon bekommen.

Die Schmeißfliege begann aus sicherem Abstand mit dem Jungen zu plaudern. Sie sagte aber nicht: "Glaubst du, daß die beiden Seiten des Körpers verschieden sind?" Nein, sie sagte: "Übrigens, weißt du, daß der Körper asymmetrisch ist?" Mit dem Wort asymmetrisch wollte sie sich Autorität verschaffen, was ihr bei dem Jungen auch sofort gelang.

Das Junge, das zum erstenmal erfuhr, daß die linke Körperseite anders als die rechte ist, war überrascht, was die Schmeißfliege Interessantes zu sagen hatte, und brachte ihr große Aufmerksamkeit entgegen.

"Wenn du nicht glaubst, daß die beiden Seiten des Körpers asymmetrisch sind, kannst du es ja einmal ausprobieren. Ich fliege dir um den Kopf, du schaust mir zu, und du wirst sehen, daß du den Kopf besser nach der einen als nach der anderen Seite drehen kannst!" belehrte die Schmeißfliege das Junge.

Neugierig, wie Kinder nun einmal sind, mußte es das Gehörte ausprobieren. Die Schmeißfliege flog dem Jungen um den Kopf, einmal, zweimal, dreimal... zehnmal... hundertmal... bis es dem Jungen ganz schwindelig war. Damit war das Ziel der Schmeißfliege erreicht, nämlich nicht, wie die kleine Eule gedacht hatte, ihr etwas Sinnvolles beizubringen, sondern sie zu verwirren.

Jetzt kam der Einsatz der Wespe, mit dem sie dem schmarotzenden Schillerling bewies, daß sie ihren Stachel führen konnte. Sie stach dem Jungen in die Kehle. Die Kehle schwoll zu, das Junge erstickte.

Fast an seinem Ziel, alles für sich zu haben, wollte der Mistkäfer die Komplizen loswerden. Der Wespe warf er vor, daß sie die Eule entgegen dem heiligen Wespengesetz getötet und das Fleisch vergiftet habe und daher ihren Anspruch auf den Braten verwirkt habe. Sie solle froh sein, wenn die Eltern des Jungen sie nicht auffressen würden. Der Schmeißfliege warf er vor, daß sie der Wespe in die Hände gearbeitet habe und kein Haar besser als diese sei, ja sogar noch schlimmer, denn ohne ihr Zutun wäre der Tod des Jungen verhindert worden.

Bei den Worten: "Verschwindet, sonst klage ich euch bei euren Artgenossen an!" flogen beide bedrückt und schlechten Gewissens davon.

Die Wespe dachte: Was ist der Mistkäfer doch für ein Kerl im Vergleich zu der Biene, die ich letzten Sonntag kennengelernt habe. Die Biene schwang keine große Reden, ohne irgend etwas zu tun, wie der Mistkäfer, sie war fleißig und arbeitete den ganzen Tag. Der Mistkäfer ist pessimistisch, er sagte: "Wahrscheinlich kommen wir sowieso zu spät", obwohl es dafür keine Begründung gab. Aber die männlichen Bienen, die Drohnen, sind optimistisch. Jede der Hunderten, die den Hochzeitsflug unternehmen, hofft, diejenige zu sein, die sich mit der Bienenkönigin vereinen wird, obwohl es doch nur eine sein kann.

Bei der Biene fühlte die Wespe sich wohl und behaglich. Beim Mistkäfer flog sie beklommen weg. Es war ihr sogar lieber, auf den versprochenen Festschmaus zu verzichten, als weiter seinen Angriffen ausgesetzt zu sein. Als sie letzten Sonntag die Biene fragte, ob sie wisse, wo Wasser sei, und dabei mit ihr ins Gespräch kam, nahm die Biene sie zu einem kristallklaren Wasser mit. Den Mistkäfer hatte sie nichts gefragt, er hatte sich aufgedrängt und ihr einen Festtagsbraten versprochen, von dem er sie dann zum Schluß auch noch vertrieben hatte, nachdem er sein Ziel erreicht hatte.

Sie würde nie sagen: "Ich habe einen Braten." Wenn sie Futter hat, kommt sie zum Bienenstock zurück und zeigt das mitgebrachte Futter vor. Die Biene sagt auch nicht wie der Mistkäfer: "Wir sind bald da", sondern zeigt mit einem Tanz, den sie vor den Waben aufführt, in welcher Richtung das Futter zu finden ist, und mit der Anzahl der Schritte zeigt sie die Entfernung an.

Wenn der Mistkäfer die Kontrolle verliert, dann greift er das falsche Ziel an. Die Raupe war nicht schuld an seinem Mißgeschick. Anders die Biene; wenn etwas aus der Kontrolle gerät, setzt sie an der richtigen Stelle an. Wenn es zum Beispiel im Bienenstock zu warm wird, dann wird Wasser angeschleppt und mit den Flügeln ein Wind erzeugt, daß die Temperatur fällt wie im Winter, eine nasse Brücke vereist, wenn der Wind über ihr und unter ihr hindurchpfeift. Ein Glück, daß es in der Welt weniger Mistkäfer und weit mehr Bienen gibt.

Als ich diese Fabel erzählt hatte, fragte Müberra: "Ist es sehr schlimm, wenn ich manchmal auch so ein bißchen wie der Mistkäfer bin?"

Ich tröstete sie: "Wenn du das denkst, dann bist du keiner, denn der Mistkäfer leistet sich nicht den Luxus, ein Gewissen zu haben; aber in deiner Umgebung gibt es einen, der dich zeitweilig auf seine Ebene herunterzieht."

Am selben Abend traf ich den Inder wieder. Er heißt Lakshmana.

"Sag Lakschman zu mir", bat er mich.

Ich fragte ihn: "Welche Bedeutung hat dein Name?"

"Ich heiße nach dem indischen König Lakshmana aus der Chandella-Dynastie, der sich durch religiöse Toleranz besonders verdient gemacht hat wie der spätere König Akbar aus der Mogul-Dynastie."

"Wie geht es dir und den anderen?"

"Wir erzählen Geschichten auf dem Markt, damit wir schneller Kundschaft bekommen. Es hat bereits schon genützt."

"Welche Geschichten erzählt ihr?"

"Zum Beispiel die Fabel vom Mistkäfer und der Biene."

Er kannte sie nicht und bat mich, sie ihm zu erzählen. Sie gefiel ihm.

Ich glaubte, daß Lakschman unverheiratet sei, und ich konnte ihn mir gut als Mann vorstellen. Er ging viel mehr auf die Bedürfnisse anderer ein als die Männer, die ich kannte. Aber wir geflüchteten Frauen waren als Gattinnen nicht attraktiv. Zum einen hatten wir Kinder, die gleich von Anfang an größere finanzielle Anstrengungen erforderten, zum anderen waren wir nicht mehr jung wie die aufspringende Knospe. Wir mußten attraktiver werden, wenn wir wieder einen Gatten bekommen wollten. Was unterschied uns äußerlich von den heiratsfähigen Mädchen? Wir hatten durch die Kinder, die wir getragen und geboren hatten, breitere Hüften, dickere Bäuche und größere Brüste bekommen. Konnte man diesen Nachteil zum Vorteil verwandeln? Beim Bauchtanz sind größere Brüste, breitere Hüften und ein größerer Bauch die Voraussetzungen für eine attraktive Figur. Wir wollten ab jetzt Bauchtanz üben, damit wir die Muskeln trainierten und die Ausdauer verlängerten. Von nun an tanzten wir jeden Abend bei Gesang mit Zimbeln, Händeklatschen und Trommeln orientalisch - wie wir zu bauchtanzen sagen.

Die Armenier, die schon vor uns in Kaya wohnten, und die Zigeuner schlichen bei uns herum. Die Armenier waren stumm wie die Fische, und wenn man sie ansprach, gaben sie nur einsilbige Antworten. Mit den Zigeunern wollten wir nichts zu tun haben. Wahrscheinlich suchten sie mit Hümeyra ins Gespräch zu kommen, sie war in der Pubertät, und so war es eigentlich nicht verwunderlich.

Unsere Jungs spielten mit den Kindern der Zigeuner und Armenier.

Am nächsten Montag besuchten wir wieder den Markt. Dieser Montag wurde zu einem schwarzen Montag, denn da war eine "teuflische Hexe". Erst sagte sie, als wir auf dem Markt ankamen, daß am Hafen auch eine sehr große Nachfrage nach Weißkäse bestände und daß hier in Fethiye Fisch und Weißkäse eine sehr beliebte Spezialität sei. Wir gingen zum Hafen, aber als wir dort fragten, wo Fisch verkauft werde, erhielten wir immer die Antwort: "Auf dem Markt in der Markthalle." Also gingen wir auf den Markt zurück. Als ich die Frau sah, wollte ich ihr am liebsten meinen Verlassenen zum Manne wünschen. Schließlich verkauften wir doch noch unseren Weißkäse auf dem Markt. Als die "teuflische Hexe" ihren Weißkäse verkauft hatte und gegangen war, fragte ich eine andere, sympathische Bäuerin, die ab und zu lachte und die ihre Ware noch nicht ganz verkauft hatte, ob es stimmen würde, daß Weißkäse mit Fisch hier eine Spezialität sei. Sie lachte und sagte, wir sollten das, was jene sage, nicht so ernst nehmen, sie mache öfter solche komischen Scherze. Einmal hatte sie verbreitet, daß nur noch in den beiden ersten Stunden nach Marktöffnung Weißkäse verkauft werden dürfe, damit die Käufer nur frischeste Ware erhielten. Sie erschraken alle, denn wäre es wahr gewesen, wären sie in Zukunft nur noch mit dem halben Verdienst nach Hause gekommen. Die nette Bäuerin sagte weiter, daß die "teuflische Hexe" unsere Geschichtenerzählerei blöd finde, da sie dies daran erinnere, wie sie sich immer eine Geschichte hätte anhören müssen, wenn sie etwas falsch gemacht hatte.

Ich erzählte Lakschman meinen Ärger über diese "teuflische Hexe".

Er sagte: "Solche Menschen gibt es, am besten gehst du ihnen aus dem Weg. Wenn du willst, kann ich dir morgen abend eine Fabel erzählen, damit du dich besser orientieren kannst."

Ich meinte: "Wenn ich nicht so fertig wäre, würde ich sie am liebsten gleich hören." Ich wollte ihn einfach noch etwas in meiner Nähe haben, aber er entgegnete: "Heute begegnet dir keine solche Person mehr. Und ich erzähle dir die Geschichte morgen abend."

Ich merkte, daß Lakschman mich mehr interessierte, als ich mich für einen Ungläubigen interessieren dürfte. Ich versuchte, möglichst im Schutz der Gemeinschaft mit ihm zusammenzusein. Deshalb sagte ich am nächsten Abend: "Die anderen Frauen und die Kinder würden diese Geschichte bestimmt auch gerne hören. Erzähle sie uns doch allen."

Er war gleich einverstanden, und wir gingen zusammen vom Brunnen zu unseren Häusern zurück. Im Vorbeigehen hatte ich Fatma, Gülcan, Sevinc, Müberra, Setta und Semur gesagt, daß

Lakschman eine Geschichte erzählen würde.

Gülcan meinte: "Am besten erzählt er sie dort, wo sich die Treppen gabeln. Da ist genug Platz, so daß es alle gut hören können!"

Die Kinder waren am neugierigsten und zuerst zur Stelle. Ilkay hatte vor dem Fremden Angst und weinte, und Hasret provozierte ihn: "Bist du überhaupt beschnitten?"

Als alle versammelt waren, erzählte Lakschman seine Geschichte:

Violetta

Violetta trippelte eilig, so schnell eben, wie verliebte Mäuse zu einer Verabredung trippeln können, ohne verschwitzt und aufgelöst bei ihrem Stelldichein anzukommen. Selbstverständlich prüfte sie, als sie aus ihrem Schlupfloch unter einem Haselnußbusch in einem Garten herausschlüpfte, ob kein Mäusebussard oder ein anderer Greifvogel stille Kreise am Himmel zog und nur darauf wartete, daß sie aus ihrem Mausloch komme, und sie prüfte auch, ob nirgends eine Katze auf der Lauer lag.

Der Tag war bis jetzt gut verlaufen. Die Bäuerin hatte abgeschabte Hühnerknochen auf den Abfallhaufen geworfen, an denen noch manches Bröckchen Fleisch abzunagen war. Nach diesem Festessen lockte das Treffen mit dem begehrenswerten Raimondo, vom Garten auf der gegenüberliegenden Wegseite. Er machte immer solche kecken Komplimente. Die Sonne lachte, und das Leben war eine Freude. Violetta pfiff ein lustiges Lied durch ihre kleinen weißen Mausezähnchen. Ihr Weg führte vom Garten hinüber über den Anliegerweg zur Gartenpforte in den gegenüberliegenden Garten hinein. Hinten links beim Komposthaufen hatte Raimondo den Eingang zu seiner Behausung. Da werde ich ihm ein Liedchen pfeifen, und dann wird er mir wieder so nette Komplimente machen, von vielen kleinen Mäusekinderchen und solchen niedlichen Sachen, dachte sie.

Plötzlich wurde sie aus ihrem Tagtraum gerissen. Auweia, die ganze Seite tat ihr mit einem Male weh. Auweia, was war das?

Das schmerzte höllisch. Nichts wie weg hier. Au, das rechte Bein kann ich nicht mehr bewegen. - Ich muß mich erst einmal ausruhen, Luft holen, Gedanken und Muskeln ordnen. So ein Hieb, so ein Kratzer. Violetta wandte den Kopf um. Das war sie, die hinterlistige Katze der Frau Bürgermeister. Totstellen, Zeit gewinnen. -

Ruhe ringsum. War die Katze noch da? Da Violettas Öhrchen nichts hörten, drehte sie ihr Köpfchen vorsichtig in die Richtung, in der sie vorher die Katze gesehen hatte. Die Katze war immer noch da und schaute Violetta an, als ob sie sich entschuldigen wollte, weil sie Violetta versehentlich erwischt hatte. Hoffnung stieg in Violetta auf, sich bei Raimondo von dem Hieb und dem bösen Kratzer erholen zu können.

Schwer angeschlagen mit drei guten und einem kaputten Bein bewegte sie sich zum Ziel ihrer neuerlichen Hoffnung, zu Raimondo. Keine drei Schritte gegangen, traf Violetta der nächste Schlag, diesmal auf die linke Seite. Benommen blieb sie am Boden liegen, sie brauchte sich nicht zu verstellen, es ging ihr tatsächlich so übel. Dann bemerkte sie, daß jemand ganz zart über ihren Kopf streichelte, und ihr Lebenswille kehrte zurück. Wer liebkoste sie so? Schwerfällig drehte Violetta ihren Kopf, um nach der lieben Person Ausschau zu halten, die sie so nett aufgemuntert hatte, doch sie sah nur die Katze, die sie schon vorher gesehen hatte. Ihre Rückenhaare waren nicht aufgestellt, die Schnurrbarthaare zitterten nicht. Die Gefahr, die von der Katze ausgegangen war, mußte vorüber sein, sie mußte ihr böses Ansinnen geändert haben, dachte Violetta. Aber so war es nicht. Katzen verstehen es meisterlich, mit ihrem Opfer zu spielen, bis das arme Ding nicht mehr kann und seinen Geist aufgibt.

Violetta bemerkte noch nicht, daß die Katze sie an der Nase herumführte, daß sie aus Langweile fröhliche und unvorsichtige Mäuse so lange ärgerte, bis sie des Spiels überdrüssig war, ihr Opfer dann tötete und auffraß.

Violetta dachte, daß Raimondo trotz ihres ramponierten Aussehens die verrückten Spielchen, von denen er gesprochen hatte, trotzdem noch mit ihr machen würde, wenn sie wieder auf die Beine käme. Sie könnte ihm alle vier Wochen eine niedliche

Schar Mäusekinderchen ins Nest werfen, wenn er sie trotz ihrer riesigen, häßlichen Narben noch haben wollte, und sich nicht nach einer anderen, nicht geschundenen Maus umschaute.

Violetta glaubte dem falschen Spiel, das die Katze mit ihren Haaren auf dem Rücken und um ihr Maul ihr absichtlich und böswillig vorgespielt hatte. Sie wiegte sich vor der Katze in Sicherheit und versuchte sich zu Raimondo zu schleppen. Dieses Schleppen reizte die Katze aber zu wenig, und so beendete sie das Spiel, das sie jetzt anödete. Sie biß Violetta das Genick durch, schleppte sie zur Bürgermeisterin und holte sich dort ihre sichere Anerkennung ab.

Die Schicksalsschläge, die Violetta im Winter erlitten hatte, indem sie eines nach dem anderen ihrer Kinderchen wegen der langen Kälte verloren hatte, stand ganz im Gegensatz zu den Schicksalsschlägen, die sie durch die Katze empfing. Der Winter hatte keine bösen Absichten, aber die Katze hatte welche und war noch freundlich dabei. So hinterlistig sind Katzen.

Bellende Hunde scheinen gefährlich zu sein, doch Hunde, die bellen, beißen nicht; wirklich gefährlich sind die Katzenfreundlichen. Wenn sie dich nicht mehr brauchen, um mit dir zu spielen, beißen sie dir das Genick durch und lassen dich einfach fallen.

Ich freute mich, wenn ich Lakschman sah, er konnte so schön erzählen, in seiner Gegenwart ließ mich die "teuflische Hexe" unberührt.

Eines Tages giftete mich Fatma an, wir hatten öfter unterschiedliche Meinungen, aber wir gingen nie im Bösen auseinander. - Wir erlebten Sonnen- und Sturmtage in Kaya, aber nun begann die schrecklichste Zeit, die wir dort durchmachten.

Am nächsten Tag krachte es mit Setta. Es begann damit, daß sie sich bei mir beklagte: Fatma handele immer unüberlegt, sie lasse sich von ihren Stimmungen treiben, und die ganze Flucht sei überstürzt und unüberlegt gewesen. Fatma habe es gut mit ihren größeren Kindern, aber an die Frauen mit den kleineren

Kindern habe sie nicht gedacht. Fatma sei egoistisch, verbohrt, intolerant und habe keine Ahnung, wie man mit Männern umgehe.

Am darauffolgenden Tag krachte es schon wieder mit ihr. Was war nur auf einmal mit Fatma los? Besonders eigenartig empfand ich es , als sie mir vorhielt, daß ich keine Ahnung von Männern hätte, egoistisch sei und mich von meinen Stimmungen treiben ließe. Ich würde mit andersgläubigen Männern flirten, und Lakschman sei mein Verderben. Ich hatte sie noch nie so giftig erlebt.

Lakschman erzählte ich, daß Fatma in letzter Zeit so emotionsgeladen sei, und fügte hinzu, daß ich da mit Setta einer Meinung sei.

Er meinte: "Wenn sich dieser Krach nicht beilegen läßt, wenn es ein handfester Krach ist, dann hat ihn jemand angezettelt."

"Weißt du, wie Streit entsteht?"

"Wenn man sich nicht einigen kann."

"So scheint es zu sein, in Wirklichkeit ist es verzwickter. Treffen zwei Heißsporne aufeinander, steht noch lange kein Krach ins Haus, denn grundlos geraten zwei Gegner niemals aneinander. Erst der Stein des Anstoßes bringt die Lawine ins Rollen. Der Funke, der das Feuer entzündet, scheint die offensichtliche Erklärung für den Ausbruch zu sein. Er ist aber nur der scheinbare Grund und nicht die wirkliche Ursache. Das Faß, das bei einem Streit voll war, bei dem nur noch der letzte Tropfen fehlte, daß es überlief, wie ist es voll geworden? Hat es zuvor jemand gefüllt? Kein Zank entsteht, ohne daß nicht ein dritter Zwietracht zwischen den beiden Streitböcken säte.

Der dritte, wiegelt manchmal beide, manchmal nur einen auf. Im Falle des Ochsen und des Panthers in dem Märchen Abu Hasan, der listige Fuchs, werden beide Seiten aufgestachelt."

Abu Hasan, der listige Fuchs

Ein Bauer pflügte mit zwei Ochsen. Plötzlich riß sich der eine los und lief davon, bis er zu einer Wiese kam, die mit Gras hoch bewachsen war. Da fing er an zu weiden. Auf einmal stand Abu Hasan, der listige Fuchs, vor ihm und fragte: "Warum weidest du hier, dieser Platz gehört doch dem Panther. Wenn er dir hier begegnet, wird er dir die Rippen brechen." Nachdem der Fuchs dem Ochsen so Angst eingejagt hatte, ging er zum Panther und erzählte: "Ein Ochse weidet in deinem Gras."

Daraufhin ging der Panther zum Ochsen und fragte ihn: "Warum weidest du auf meiner Wiese?"

Der Ochse erwiderte: "Mein Herr pflügte mit mir. Ich war vor Hunger erschöpft und sah diesen Platz. Ich habe hier geweidet und befinde mich nun in deiner Hand." Da ließ ihn der Panther auf der Wiese.

Nach zehn Tagen aber war der Ochse von dem Futter so groß wie ein Kamel. Da kam der Fuchs wieder. Der Ochse fragte: "Was ist los?" Der Fuchs antwortete: "Der Panther wird dich nur so lange hier lassen, bis du fett genug bist. Dann wird er dich mit seiner Tatze erschlagen und auffressen.

Wenn der Panther also zu dir kommt", fuhr er fort, "dann stoße deine Hörner in die Erde und richte deine Augen zornig auf ihn."

Daraufhin machte sich Abu Hasan auf und ging zum Panther. "Du hast den Ochsen auf der frischen Wiese gelassen", redete er ihn an, "geh nur einmal hin; ich will doch sehen, wie du mit ihm fertig wirst."

"Was ist denn geschehen?" fragte der Panther.

Abu Hasan gab zur Antwort: "Der Ochse steht jetzt so gut im Futter, daß er imstande ist, dich niederzumachen, sobald du ihm in den Weg läufst." - Da machte sich der Panther auf den Weg zum Ochsen. Der Ochse aber stieß sogleich seine Hörner in die Erde und richtete wutentbrannt seine Augen auf den Panther. So kam es schnell zu einem Kampf, den weder der Ochse noch der Panther überlebte. Jetzt kam Abu Hasan herbei, der schnell noch sein Weib und seine Kinder hinzurief, um die beiden zu verzehren.

Einige Zeit später fand Abu Hasan in einem Dorf einen Schafspelz. Den zog er sich über die Schultern. So bekleidet betrat er eine Höhle. In der traf er auf den Bruder des Panthers. Dieser hielt ihn fest und fragte: "Abu Hasan, warum hast du meinen Bruder umgebracht?" Der Fuchs erwiderte: "Ich bin nicht der Ochse." - "Aber du warst es, der die beiden gegeneinander aufgehetzt hat", sagte der Panther. Da fiel sein Blick auf den Schafspelz, den der Fuchs über seinen Schultern trug, und er fragte: "Kannst du mir nicht auch so einen anfertigen?" - "Gewiß", gab Abu Hasan zur Antwort, "nur mußt du mir vier Schafe besorgen, dann mache ich dir so ein Gewand."

Der Panther ging und kam bald mit vier Schafen wieder. Der Fuchs fraß sie und warf die Felle in einen Brunnen. Als der Panther dem Fuchs wieder begegnete, fragte er ihn: "Abu Hasan, wo hast du das Pelzkleid?" Mit den Worten: "Warte, bis ich es bringe", eilte der Fuchs davon, verfolgt vom Panther. Gerade wollte der Fuchs in einer Höhle verschwinden, da erwischte ihn der Panther an seinem Schwanze. Abu Hasan zerrte und zog, bis sein Schwanz in der Tatze des Panthers blieb. Da machte er sich schwanzlos davon. Der Panther rief ihm nach: "Du bist jetzt schwanzlos, Abu Hasan, daran werde ich dich erkennen, wenn ich dir wieder begegne." Damit trennten sie sich.

Später stiftete der Fuchs wieder Streit, aber er wiegelte nicht wie vorher beide Seiten auf, in diesem Streit stachelte er nur die eine Seite, den Weinbergbesitzer, auf.

Schwanzlos, wie er nun war, begab sich Abu Hasan in einen Weinberg und aß Trauben. Da rief er seine ganze Sippe herbei. "Hierher!" rief er. "Wir wollen Trauben essen." Er ließ sie in den Weingarten hinuntersteigen, meinte dann jedoch: "Ich kann euch nicht essen lassen, bevor ich eure Schwänze zusammengebunden habe." Da ließen sie es geschehen. Abu Hasan aber eilte zum Weinbergbesitzer und flüsterte ihm etwas ins Ohr. Daraufhin begab sich dieser in den Weinberg und schoß in die Luft. Die erschrockenen Füchse stoben schnell auseinander, so daß ihnen die Schwänze ausgerissen wurden.

Abu Hasan machte sich nun auf und ging wieder zum Panther. Der sagte: "Ich werde dich greifen." Abu Hasan fragte: "Mann, was hast du mit mir vor?" Der Panther antwortete: "Du hast die Schafe genommen und aufgefressen, ohne mir das versprochene Pelzkleid zu machen." - "Das war ich nicht", gab der Fuchs zurück. - "Doch, du warst es!" rief der andere. - "Wie kommst du auf den Gedanken, ich sei es gewesen?" - "Ich habe dir doch den Schwanz ausgerissen", entgegnete der Panther. - "Meine Verwandten sind alle ohne Schwanz", belehrte ihn der Fuchs. - "Das möchte ich sehen, rufe sie einmal herbei!"

Abu Hasan rief sie alle, und alle kamen. Der Panther sah, daß sie alle schwanzlos waren.

Lakschman resümierte: "Oft wird vergessen oder ignoriert, daß ein dritter den Streit anstiftet. Das ist der eine Fehler, der oft begangen wird. Aber es gibt noch einen zweiten Fehler, der fast immer übersehen wird. Wenn das Leben eines Menschen keinen Spaß macht, langweilig oder zum Kampf geworden ist, nur noch aus Angst oder Hoffnungslosigkeit besteht, wenn unschuldige Menschen in das Gefängnis geworfen oder auf dem Scheiterhaufen verbrannt werden, dann beherrscht der Mensch das, was das Schwinden der Lebensfreude einleitet, einfach nicht, ja er weiß nicht einmal, was das Schwinden der Lebensfreude einleitet. Die größte Tragik ist, daß das, was das Schwinden der Lebensfreude einleitet, ebenso einfach wie unbekannt ist. Das Geheimnis ist, daß der Kriegshetzer so raffiniert vorgeht, daß er als Streitanstifter unerkannt bleibt.

Der Anstifter arbeitet im verborgenen. Er hat viele Namen: Drahtzieher, Intrigant, Ränkeschmied, Giftmischer, Kriegshetzer, Aufwiegler oder Brunnenvergifter. Er ist ein Meister darin, seine Ideen zu verwirklichen, ohne daß man seine Urheberschaft auch nur vermutet. Er wird um so weniger erkannt, je dreister er vorgeht. Werden seine unglaublichen Dreistigkeiten aufgedeckt, spotten sie Hohn. Zielt ein Verdacht in die richtige Richtung, so wird er als Phantasie beiseite geschoben oder lächerlich gemacht.

Sowenig, wie man von einem größeren Abstand aus eine glimmende Zündschnur hört oder sieht, sowenig sieht oder hört man den Streitentfacher, der den Zwist entzündet hat. Der Unverdächtige, der Katzenfreundliche ist die falsche Schlange, der unbeteiligte Zuschauer ist genau der, der den Streit gesät hat. Ohne ihn wäre es nicht zum Konflikt gekommen.

Als Abu Hasan ein anderes Mal unterwegs war, sah er einen Sperling, der bei seinen Jungen saß. Sogleich ging er hin, um die jungen Vögel zu fangen. Der Sperling bat: 'Ich verlasse mich auf deine Großmut, Abu Hasan, friß nicht meine Kinder.' Der Fuchs entgegnete: 'Ja, wenn du mich zum Lachen bringst!' Der Vogel fragte: 'Womit denn?' Der Fuchs antwortete: 'Mit jenen Schnittern dort.'

Da verbarg sich der Fuchs, der Sperling aber ging hin und hüpfte von einem Kopf zum anderen. Die Schnitter wollten den Frechling verjagen und hauten sich dabei die Dreschflegel über die Köpfe. Da lachte Abu Hasan und war zufrieden.

Die scheinbar unbeteiligten Dritten sind nicht die, denen es schlechtgeht und die sich mit ihrem Schicksal abgefunden haben. Es sind die Neider, die sich nicht damit zufrieden geben, daß es ihnen schlechter geht, aber außer reden wollen sie nichts tun, damit es ihnen bessergeht.

Dasselbe meint das Sprichwort: 'Wenn zwei sich streiten, freut sich der dritte'. Dies ist die Vorgehensweise, wenn jemand den Wahlspruch hat: 'Teile und herrsche'."

Ich sagte zu Lakschman, daß das alles recht und gut sei, aber in Bezug auf Fatma wäre das Kind ja schon in den Brunnen gefallen, da sei nichts mehr zu retten.

Er meinte: "Das würde ich nicht sagen. Streit kann man schlichten. Kennst du die Geschichte von den beiden Widdern und dem weisen Raben?"

Ich kannte sie natürlich nicht, deshalb erzählte er mir diese Geschichte:

Die beiden Widder und der weise Rabe

Zwei Widder waren so erbittert in einen Kampf miteinander verstrickt, daß des einen Ohr blutend und zerfetzt herabhing. Trotz aller Kraft, die sie aufwandten, oder gerade deswegen, ging der Kampf nicht zu Ende. Als das Leittier dies hörte, ging es zu den beiden Streithammeln und sagte: "Ihr seid über das Ziel hinausgeschossen, euer Streit ist kein sportlicher Wettkampf mehr. Welchem Streitanstifter seid ihr denn auf den Leim gegangen?"

Die beiden Kämpfenden blökten wie aus einer Kehle: "Mäh."

Der Leithammel verstand, daß sie sagten: "Keinem."

Damit war er mit seiner Weisheit am Ende; das heißt fast am Ende, denn er war so gescheit, den weisen Raben herbeizurufen.

Der Rabe kam angeflattert und krächzte: "Ihr habt gesagt, daß ihr keinem Streitanstifter auf den Leim gekrochen seid, und doch seid ihr einem auf den Leim gegangen, denn sonst würdet ihr nicht bis auf den Tod erbittert miteinander kämpfen. Du, mit deinem zerfledderten Ohr, wer hat dir etwas über deinen Gegner gesagt, was ihm nicht gefallen würde, wenn er es gehört hätte?"

Der Hammel mit dem zerfledderten Ohr sagte: "Das Lamm mit den schönen langen Wimpern."

Der Rabe krächzte: "Was hat es denn gesagt?"

Es hat gesagt: "Daß er der größte Schwächling der ganzen Herde sei und nur darauf warte, mir eine Falle stellen zu können."

Der Gegner war empört, denn das Lamm hatte es ihm genau umgekehrt erzählt, nämlich daß der andere dies von ihm gesagt habe.

Der Rabe krächzte: "Rab, rab", zum Zeichen, daß er es gehört hatte, und sagte anschließend: "Dann wollen wir das Lamm fragen, wie es auf diese Idee gekommen ist."

Er flatterte zu dem Lamm mit den langen Wimpern, und die Streithammel sprangen hinterher.

Beim Lamm angekommen, krächzte der Rabe: "Der Hammel mit dem zerfledderten Ohr hat gesagt, du hättest behauptet, daß der andere Widder der größte Schwächling der ganzen Herde sei und nur darauf warte, ihm eine Falle stellen zu können. Wie kommst du darauf?"

Das fromme Lamm antwortete: "Oh, ich habe so ein freundliches Lamm kennengelernt. Es hat zwar Beine, Schwanz und Stimme wie ein Wolf, aber es hat ein Fell wie ein gewöhnliches Schaf, doch es ist viel schlauer als die anderen Schafe. Es hat mich darauf gebracht, allein wäre ich nicht darauf gekommen."

Der Rabe wollte wissen: "Auf was hat das schlaue Tier dich denn aufmerksam gemacht?"

"Es hat gesagt, da ich ja nun auch alt genug sei, Kinder zu bekommen und die prächtigsten Lämmer haben könnte, bräuchte ich nur zu wissen, wer der stärkste und mächtigste Widder sei. Es hat mir auch gleich erklärt, wie ich es herausfinden könne."

"Nämlich?" krächzte der Rabe.

Das Lamm antwortete: "Ich bräuchte nur zu den beiden, die mir am stärksten erscheinen, zu sagen, daß der andere von ihm gesagt habe, er sei der größte Schwächling und warte nur darauf, dem anderen eine Falle stellen zu können. Dann würde sich sehr bald herausstellen, wer der Stärkere sei."

Die Widder blökten: "Mäh, mäh", aber diesmal bedeutete es "hört, hört".

Der Rabe krächzte: "Wo ist das freundliche und intelligente Tier, das eher einem gerissenen Wolf als einem Lamm gleicht?"

Das verdutzte Lamm blinzelte mit seinen Wimpern und sagte: "Es ist in Richtung Wald weggegangen und wollte im Schatten warten, bis der Kampf entschieden sei."

Der Rabe flatterte zum Waldrand, und die Widder sprangen mit großen Sprüngen wutentbrannt hinterher. Am Waldessaum saß ein Wolf. An seiner einen Seite lag ein Schafspelz, und an seiner anderen Seite saß ein junger Wolf. Als der Alte die Widder mit Riesensprüngen auf sich zukommen sah, stand er auf und fletschte die Zähne. Die Hammel waren nicht so dumm, den Bannkreis zu überschreiten, aber der Rabe konnte über dem Wolf flattern und sagte zu ihm: "Das Lamm hat gesagt, daß du ihm geraten hättest, die beiden Hammel gegeneinander aufzuhetzen, damit es den stärkeren erkennen könne, um von ihm prächtige Lämmer zu gebären. Wie kommst Du darauf?"

Der Wolf erwiderte: "Mein jüngster Sohn ist ein heller Blitz, er wollte ein Schauspiel sehen, und da er noch nicht groß genug ist, bat er mich, die stärksten Widder aufeinander loszuhetzen, dann würden wir schon ein Schauspiel haben."

Der Rabe flatterte zu dem hellen Sprößling, während die Widder den alten Wolf in respektablem Abstand hielten. Der Rabe krächzte dem jungen Wolf zu: "Dein Vater hat erzählt, daß du ihn gebeten hast, die Hammel aufeinanderzuhetzen, damit ihr ein Schauspiel habt. Wie kommst Du darauf?"

Der junge Wolf sagte: "Sich in dieser brütenden Hitze zu bewegen, ist einerseits zu anstrengend, aber andererseits ist es auch sehr langweilig, und da kam ich auf die Idee, mir durch den Kampf der dummen Hammel etwas Abwechslung zu verschaffen."

Die Widder versuchten, sich nun den frechen Wolf zu schnappen und ihn durch die Luft zu wirbeln, aber der alte Wolf wollte nicht zuschauen, wie sein Junges von den blöden Hammeln auf die Hörner genommen wird, und griff sie von hinten an.

Da sie nun wußten, wer ihr gemeinsamer Feind war, ließen die Hammel voneinander ab und ließen sich auf keinen Kampf mit den hinterlistigen Wölfen ein. Der weise Rabe aber flatterte in der Richtung davon, aus der er gekommen war.

Ich glaubte nicht, daß jeder Streit durch eine Intrige entstehe, und sagte das Lakschman.

Er meinte: "Ist ein Streit nicht ein sportlicher Wettstreit, dann liegt ihm eine Unwahrheit zugrunde, sei es ein Mißverständnis oder eine Lüge wie im Falle der Intrige."

"Und wenn es ein Mißverständnis ist?"

"Handelt es sich einfach um ein Mißverständnis, so braucht nur ein Unbeteiligter das Mißverständnis aufzuklären.

Ist der Streit bereits entflammt, dann kann ein Unbeteiligter den Kopf der Schlange suchen, und wenn er ihn gefunden hat, stellt er ihn in Anwesenheit beider Streithähne bloß wie der weise Rabe. Der Streitanstifter braucht dabei nicht anwesend zu sein.

Ein Streitanstifter kann nur eine Person sein, und jede Person hat einen Namen. Eine Aussage wie "Das ist allgemein bekannt" nennt nicht den Namen der Person, die es sagte. Entweder hat derjenige, der meint, daß es allgemein bekannt sei, den Streit angestiftet, oder er ist nur ein Strohmann und deckt den wirklichen Anstifter. Der Strohmann war dann nur der Schwanz der Schlange.

Um den wirklichen Streitanstifter zu finden, arbeitet man sich vom Schwanz der Schlange bis zu ihrem Kopf vor wie der weise Rabe. Wenn das Lamm mit den langen Wimpern gesagt hat, daß der eine Widder erzählt habe, der andere sei der größte Schwächling der Herde, dann war es nur der scheinbare Streitanstifter, der wirkliche Drahtzieher aber war der junge Wolf. Um den wirklichen Drahtzieher zu finden, muß man so weit vorgehen, bis es niemanden mehr davor gibt, der aufgewiegelt hat.

Wer nichts von sich gibt oder nichts Negatives äußert, kann unmöglich Streit säen. Streitanstifter müssen etwas Negatives geäußert haben. Menschen sind keine Engel, sie tun auch negative Dinge. Wenn jemand über einen anderen etwas Negatives berichtet, das wahr ist, dann ist er deswegen kein Streitanstifter. Wenn man den Streitanstifter sucht, geht man die Streitanstifter durch, wie der Rabe es tat. Enthält die Aussage eine Lüge oder Dreistigkeit, dann ist die Person, die die Lüge oder Dreistigkeit geäußert hat, zumindest ein scheinbarer Streitanstifter."

Lakschman konnte gut reden. Ich wollte sehen, ob er nur reden konnte oder ob sein Reden auch Hand und Fuß hatte. Jetzt sollte er den Streit zwischen Fatma und mir schlichten.

Lakschman kam am nächsten Tag wieder, wie er mir versprochen hatte. Als ich ihn bat, zu versuchen, den Streit zwischen Fatma und mir zu schlichten, lächelte er nur und sagte: "Wenn Fatma damit einverstanden ist, dann ist das kein Problem, aber wir brauchen ihr Einverständnis."

"Hol dir von Fatma das Einverständnis", bat ich ihn. "Geh hinüber zu ihr und hole es dir."

Er löste dieses Problem ganz einfach, indem er mir den

Schwarzen Peter wieder zurückgab und sagte: "Ich bin einverstanden, wenn du Fatma erklärst, daß du den Streit begraben wissen möchtest und daß ich dabei helfen werde, den Graben zuzuschaufeln."

Wir gingen zusammen zu Fatma. Ich erklärte ihr, warum wir gekommen seien. Sie war zynisch, willigte dann aber doch ein.

Lakschman half mir nun und sagte: "Streit entsteht nicht einfach so mir nichts dir nichts, er wird angezettelt wie in dem bekannten Beispiel, das der Überlieferung nach als das erste Zerwürfnis des Menschen gilt und das zur Vertreibung aus dem Paradiese führte.

Ausführlicher als im Koran ist in den heiligen Schriften der Juden darüber berichtet:

Die Vertreibung aus dem Paradies

Allah pflanzte einen Garten in Eden, und er ließ aus dem Erdboden allerlei Bäume aufsprießen, lieblich zum Ansehen und gut zur Nahrung.

Allah sagte zu Adam und Eva: "Von allen Bäumen dürft ihr essen, nur vom Baume in der Mitte nicht. Sobald ihr davon esset, werdet ihr sterben!" Damit waren sie zufrieden.

Dann kam der Iblis in Gestalt einer Schlange und sprach zu Eva: "Hat Allah wirklich gesagt, daß ihr von keinem Baum des Paradieses essen dürft?"

Da sprach Eva zur Schlange: "Wir dürfen von allen Bäumen essen, nur von dem Baum in der Mitte sagte er, rührt ihn nicht an, denn sobald ihr ihn anrührt, müßt ihr sterben!"

Die Schlange sprach zu Eva: "O nein, auf keinen Fall werdet ihr sterben, sondern es verhält sich so, daß Allah wohl weiß, sobald ihr davon esset, werdet ihr sein wie Allah!"

Da sah Eva, daß die Frucht des Baumes gut sei zum Essen und eine Lust zum Anschauen und begehrenswert, sie zu essen. Sie nahm die Frucht, aß und gab auch Adam; der aß ebenfalls.

Nach einiger Zeit suchte Allah Adam und fragte ihn: "Hast du etwa von dem Baum gegessen, von dem ich es dir verboten habe?"

Adam entgegnete: "Eva hat mir etwas vom Baum gereicht, und ich aß!"

Da sprach Allah zu Eva: "Was hast du getan?"

Eva erwiderte: "Die Schlange hat mich betört, und ich aß!"

Darauf wurden sie vor die Tür des Paradieses gesetzt.

Die Ursache für den Streit zwischen Allah und den ersten Menschen war nicht, daß sie das Verbot mißachteten. Nein, Adam und Eva hatten sich dafür entschieden, nicht vom verbotenen Baume zu essen, bis zu dem verhängnisvollen Zeitpunkt, als Eva der falschen Schlange auf den Leim kroch und sich von ihr gegen Allah aufwiegeln ließ. Die Schlange war der Anstifter, daß es zum Zerwürfnis zwischen Allah und den ersten Menschen kam.

Der dritte, der den Streit zwischen den beiden anderen sät, wiegelt manchmal beide, manchmal nur die eine Seite auf. Im Falle von Adam und Eva hat er nur die eine Seite der beiden zerstrittenen Parteien aufgestachelt, die der Menschen, mit Allah hat er sich nicht angelegt."

Lakschman erzählte ihr eigentlich alles darüber, wie Streit entsteht, auch die Fabel von den beiden Widdern und dem weisen Raben.

Fatma erregte sich sehr und wetterte: "So einen widerwärtigen Menschen könnte ich umbringen."

Darauf sagte Lakschman: "Es ist besser, sich nicht von dem Bösen mitreißen zu lassen, denn wer Wind sät, wird Sturm ernten. Außerdem gibt es auch andere Mittel, wie die Geschichte von Sonne und Wind zeigt:

Sonne und Wind

Die Sonne und der Wind waren sich uneins, wer von ihnen beiden der Stärkere sei. Um eine Entscheidung herbeizuführen, schlug der Wind einen Wettkampf vor. Die Sonne war damit zufrieden.

Als sie gerade einmal auf die Erde sah, erblickte sie einen

Mann, der einen Mantel am Leibe trug. Da kam ihr eine gute Idee, die sie sogleich dem Wind vorschlug: "Bist du damit einverstanden, daß derjenige als der Stärkere gilt, dem es gelingt, dem Mann auf der Erde den Mantel auszuziehen?"

Dem Wind gefiel dieser Einfall, und er stimmte dem Vorschlag der Sonne zu.

Er freute sich, nun seine Kraft beweisen zu können, und begann zu wehen. Sogleich flatterte der Mantel im Wind. Aber der Wind blies zu schwach, um den Mantel zu öffnen. Er sah, daß er kräftiger pusten mußte, wenn er gewinnen wollte, und das wollte er. So blähte er seine Backen größer auf und blies kräftiger. Als er aber merkte, daß er so den Mantel nicht ausziehen konnte, wurde er vor Wut im Gesicht ganz rot und schwoll zum Sturm an. Der Sturm blies so heftig, daß die Bäume sich bogen und ächzten. Der Mantelzipfel flatterte wie eine Fahne. Über dem Gürtel blähte sich der Mantel größer als die größte Trommel auf, aber er öffnete sich nicht.

Als der Sturm so brauste, verfinsterte sich der Himmel. Der Mann schlang seine Arme um seinen Körper und hielt den Mantel mit seinen beiden Armen fest zu, und sein Gesicht sah grimmig aus.

Da sagte die Sonne zum Sturm: "Du hast bewiesen, wie stark du bist. Nun darf ich zeigen, was ich kann. Höre du nun auf zu wehen, damit ich beginnen kann."

Der Wind stellte sein Blasen ein.

Nun begann die Sonne ihre Kraft zu zeigen. Sie schickte ihre Strahlen zur Erde. Der Himmel erhellte sich. Die Sonnenstrahlen kringelten sich auf dem Mantel. Der Mann freute sich über das Licht und die Wärme. Sein Gesicht wurde fröhlich, und er zog den viel zu warmen Mantel aus."

Dann sagte Lakschman: "Um euren Streit schlichten zu können, wißt ihr ausreichend Bescheid, ihr kennt die Fabel von Abu Hasan und die von den beiden Widdern und dem weisen Raben. Wollen wir nun sehen, wer den Zwist zwischen euch gesät hat?"

Um sich vom Schwanz der Schlange bis zu ihrem Kopf vorzuarbeiten, begann er bei mir, die Schlange aufzurollen. Er fragte mich: "Wer hat dir etwas über Fatma gesagt, das Fatma nicht gefallen hätte, wenn sie es gehört hätte?"

Mir fiel sofort ein, daß Setta gesagt hatte, Fatma sei egoistisch und würde unüberlegt handeln, die ganze Flucht sei so eine unüberlegte Handlung gewesen und daß Fatma keine Ahnung von Männern hätte, und ich sagte das dann auch vor Fatma und Lakschman.

Fatma wurde im Gesicht rot vor Zorn und brüllte zu Lakschman: "Diese falsche Schlange, zu mir hat sie gesagt, Zeynep hätte unüberlegt gehandelt und mich zur Flucht angestiftet, und sie hätte keine Ahnung von Männern und sei egoistisch und würde sich von ihren Stimmungen treiben lassen. Diese Schlange, diese falsche, und Zeynep würde mit andersgläubigen Männern flirten, und du, Lakschman, würdest sie verderben."

Daraufhin sagte Lakschman: "Es ist offensichtlich, Setta hat den Streit zwischen euch gesät, aber wir wissen noch nicht, ob sie von jemand anderem dazu angestachelt wurde. Wir gehen jetzt zu Setta und wollen sehen, ob sie der Kopf der Schlange ist oder ob es noch jemanden davor gibt."

Wir gingen zu Setta, und Lakschman stellte sie zur Rede. "Wie kommst du auf all das, was du behauptet hast?", fragte er sie dann.

Setta erwiderte: "Darauf hat mich eigentlich Müberra gebracht. Und sie hat auch gesagt, daß dies hier ein Scheißdorf sei und daß es hier keine anständigen Männer gäbe, nur diese scheißandersgläubigen Zigeuner und Armenier." Dann fügte sie hinzu: "Müberra hat doch recht, hier gibt es doch nur andersgläubige Männer."

Lakschman sagte darauf: "Wir gehen jetzt zu Müberra und fragen sie, ob das stimmt."

Also gingen wir zu Müberra, und Lakschman sagte zu ihr: "Setta hat gesagt, daß du erzählt hättest, Zeynep hätte unüberlegt gehandelt und Fatma zur Flucht angestiftet, und Zeynep hätte keine Ahnung von Männern, sie sei egoistisch und würde sich von ihren Stimmungen treiben lassen, und sie würde mit andersgläubigen Männern flirten, und ich würde Zeynep verderben, und Fatma sei egoistisch und würde unüberlegt handeln, die ganze Flucht sei so eine unüberlegte Handlung gewesen, und Fatma hätte keine Ahnung von Männern. Wie kommst du darauf?"

Müberra bewegte ihre Hand, als ob sie etwas wegwerfen wollte, und sagte: "Pu, das weiß doch jeder hier!"

Lakschman sagte: "Das weiß jeder hier, weil du es in Umlauf gebracht hast."

Müberra wehrte sich und sagte: "Nein, nein, das weiß doch jeder."

Lakschman fragte: "Von wem hast du es erfahren?"

Sie sagte: "Pu, ich weiß nicht."

Darauf sagte Lakschman: "Du hast es in Umlauf gebracht."

Und sie giftete: "Ja, es ist doch auch wahr. So eine Scheißidee, hierher zu ziehen, wo es nur Andersgläubige gibt."

Darauf sagte Fatma: "Wir halten dich nicht, du kannst gehen wie Kübra, wohin du willst, wir halten dich nicht."

Müberra giftete zurück: "Das werde ich auch!"

Wir gingen, und mir fiel ein Stein vom Herzen, denn ich hatte Fatma richtig gern gewonnen, als sie die Flucht und alles organisiert hatte. Ich liebte sie.

Und ich liebte Lakschman! Ja, ja, ich liebte ihn! Ich liebte ihn! Er war nicht sexy und doch anziehend. Er war nicht muskulös und trotzdem schön. Er war der Fels in der Brandung, mein Leuchtturm vor der Klippe, meine Schutzmauer beim Sturm und mein Nest im Gewitter des Lebens. Meine Gedanken waren fast immer bei ihm. Mein Herz schlug für ihn. Er war mein Held, der Klügste und der Weiseste, den ich kannte.

Ich war mit Lakschman am Brunnen, da kam Sevinc. Sie war wie ein eingerollter Igel, sie ging nicht aus sich heraus, und man kam nicht an sie heran. Ich fragte sie, was sie habe.

Sie weinte: "Müberra ist unmöglich, sie stichelt und hänselt mich ständig wegen Jakob."

"Welchem Jakob?"

"Jakob ist der Armenier, der immer so freundlich lächelt und wenn er zum Brunnen geht, immer den Umweg an unseren Häusern vorbei nimmt. Ich habe mit ihm gesprochen und ihm erzählt, daß mich Müberra ständig provoziert. Er hat gesagt, ich solle mich nicht provozieren lassen. Es läge an mir, den Fehdehandschuh aufzuheben oder liegenzulassen. Und wenn die Saat des Streitanstifters auf fruchtlosen Boden falle, werde ein möglicher Streit schon vor dem Aufkeimen verhindert. Und das Beste in dieser Hinsicht hätte er als Kind erlebt. Ein Spielkamerad oder sein Bruder hätte gesagt: 'Suchst du Streit, dann such woanders!'

Dann hat er mir vom Propheten Jesus und seinem Lieblingsjünger Johannes erzählt. Aber so einfach ist das nicht."

"Was sagte er?"

Da erzählte sie das von Jakob gehörte Testament des Lieblingsjüngers:

Das Testament des Lieblingsjüngers

Nachdem der Prophet Jesus seine Gemeinde verlassen hatte, stand ihr in Ephesos der Apostel Johannes vor. Die Gemeinde von Ephesos liebte die Ansprachen des Johannes, denn seine Reden kamen aus dem Herzen. Wahrscheinlich war er deshalb der Lieblingsjünger. Die Rede war immer schlicht und kurz. Als sein Leben fast beschlossen war, wurde die Ansprache von Tag zu Tag schlichter und kürzer, bis sie auf die drei Worte geschrumpft war: "Kinderchen, liebt euch!" Das gefiel den Leuten. Es gefiel ihnen auch noch bei der nächsten und übernächsten Ansprache und auch noch ein weiteres Mal, denn sie glaubten, der alte Mann könne nicht mehr sagen. Doch als es ihm ab und zu wieder besserging und er in seiner Ansprache trotzdem nicht mehr sagte als "Kinderchen, liebt euch!" und sie merkten, daß er nicht nur so wenig sagen konnte, sondern nur so wenig sagen wollte, war das "Kinderchen, liebt euch!" blaß, leer, bedeutungslos und abgedroschen. Den engsten Vertrauten war es peinlich, daß er sich nichts anderes zu sagen einfallen ließ. Deshalb fragten sie den alten Mann: "Meister, warum sagst du immer das gleiche?" - Johannes antwortete: "Weil Jesus es gesagt hat. Weil das allein, das allein, wenn es geschieht, genug, hinlänglich genug ist!"

Nachdem Sevinc diese Anekdote erzählt hatte, sagte ich: "Jakob hat recht."

Lakschman meinte: "Er hat recht und auch nicht. Der Prophet Jesus sagte: "Wenn euch einer auf die rechte Wange schlägt, so haltet ihm auch die linke hin", aber er hat auch gesagt: "Hütet euch vor dem reißenden Wolf im Schafspelz."

Sevinc fragte: "Und wann soll man die andere Wange hinhalten? Und wann soll man sich vor dem reißenden Wolf im Schafspelz hüten?"

Da begann Lakschman zu philosophieren: "Die Verblendeten glauben, wenn man bei einer Provokation nicht sofort und hart zurückschlägt, daß dies mangelnde Selbstachtung sei. Friedfertigkeit hat nichts mit mangelnder Selbstachtung zu tun, im Gegenteil, wirkliche Friedfertigkeit setzt ein hohes Maß an Selbstachtung voraus. Wenn sich jemand aufhetzen läßt, ist das ein Zeichen für Schwäche und mangelndes Selbstbewußtsein.

Es gibt aber einen Unterschied zwischen Provokation und Übergriff. Bei einem Übergriff werden geltende Grenzen überschritten. Wenn einer einem auf der Nase herumtanzt, dann ist die Grenze überschritten. Bei einem Übergriff ist es genau umgekehrt wie bei einer Provokation. Bei einem offensichtlichen Übergriff muß man sich zur Wehr setzen. Bei einem Übergriff hast du es mit einem reißenden Wolf zu tun, bei einer Provokation fletscht er nur die Zähne.

Vor dem reißenden Wolf im Schafspelz sollte man sich immer hüten, nur tarnt er sich oft so gut, daß man seine Maske nicht erkennt. Glücklicherweise hat der Prophet auch gesagt, wie man ihn entlarven kann."

Sevinc wollte wissen, wie man ihm hinter die Maske schauen könnte.

Da zitierte Lakschman wieder den Propheten Jesus:

"An den Früchten werdet ihr es erkennen. Ein guter Baum trägt gute Früchte, und ein schlechter Baum trägt schlechte Früchte."

Sevinc hakte nach: "Du meinst, was sein Reden und Tun für Früchte trägt."

Lakschman bestätigte das: "Ja, ob du dich nach seiner Rede schlechter fühlst oder besser, ob seine Handlungen gut oder nur Augenwischerei sind, ob man über kurz oder lang damit einbricht oder ob sie auf die Dauer tragen. Wenn sie nach kurzer Zeit nicht mehr tragen, dann waren es faule Früchte. Hängt an einem Baum einmal eine faule Frucht, so ist er trotzdem ein guter Baum, aber sind die meisten Früchte schlecht, dann ist er ein schlechter Baum.

Es wäre fatal, dem weitverbreiteten Irrtum aufzusitzen und zu glauben, daß man mit Liebe und Geduld immer weiterkommt. Der Wolf reißt die frommen Lämmer so lange, wie er welche bekommt, bis das letzte gerissen, bis keines mehr übrig ist. Er ist nicht bloß ein frecher Sperling, er ist ein Raubtier, man muß sich gegen ihn zur Wehr setzen. Tagsüber ist er meist zu feige anzugreifen, aber nachts muß man zumindest ein Feuer anzünden."

Sevinc hatte schon immer ein Herz für Tiere, und sie sagte: "Ja, man muß ja aber auch den Wolf verstehen, der hat vielleicht Hunger."

Lakschman nickte und erwiderte: "Genau das ist das Problem des Wolfes, das ist die Ursache des Übergriffs. Der Wolf hat Hunger. Der Wolf hat ein Problem, das er nicht loswerden kann, er hat ein Problem, das er schon eine lange Zeit mit sich herumschleppt, er hat die Hoffnung aufgegeben, seinen Hunger stillen zu können, er ist unter Druck geraten, er sieht keinen Ausweg mehr, sein Problem zu lösen."

Sevinc erkannte: "Ja, dann muß man Müberra helfen, ihr Problem, bei dem sie keinen Ausweg sieht, zu lösen."

"Ja", meinte Lakschman "ein Außenstehender ist nicht so in das Problem verwickelt wie diejenige, die es hat. Der Anfang des Fadens, der zuerst auf die Spindel gesponnen wurde, sieht nicht die Sonne wie sein Ende, das von der Sonne beschienen wird."

"Man sollte mit Müberra sprechen und ihr helfen, ihr Problem zu lösen", schlug Sevinc vor und wandte sich an Lakschman: "Hilfst du ihr, ihr Problem zu lösen?"

Lakschman erwiderte: "Stelle dein Licht nicht unter den Scheffel. Das kannst du auch. Frag sie einfach, welches Problem sie hat, das sie fast erdrückt. Erzähle ihr die Fabel vom hungrigen Wolf. Sie geht so:

Der hungrige Wolf

Ein Rudel hungriger Wölfe trieb sich tagelang in der Nähe einer Schafherde herum. Der Schäfer hielt die Herde zusammen, und nachts zündete er ein Feuer an, so daß die Wölfe sich nicht trauten, ein Schaf zu reißen. Sie beobachteten aber jeden Schritt der Tiere. Ihre Blicke klebten an der Schafherde, die auf der anderen Seite des Tales weidete.

In allernächster Nähe eines der hungrigen Wölfe war ein Fuchs in eine Falle gegangen. Er versuchte sogleich, sich zu befreien, aber das war sehr mühsam. Endlich gelang es ihm, doch er lahmte erbärmlich.

Zwar war ganz in der Nähe ein verlassener Dachsbau, der ihm Sicherheit bieten würde, aber um dort hinzukommen, mußte er an einem der hungrigen Wölfe vorbei.

Der lahmende Fuchs beobachtete den Wolf, der seinerseits die Schafherde nicht aus den Augen ließ. Der Fuchs sah, wie der Wolf abwechselnd die Lefzen krauszog, auf der Stelle trat oder mit dem Schwanz wippte. Er merkte, daß der Wolf seine ganze Aufmerksamkeit so auf die Herde gerichtet hatte, daß er das, was um ihn herum geschah, nicht mehr bemerkte. Der hinkende Fuchs schlich an dem hungrigen Wolf vorüber, und er hatte diesen tatsächlich richtig eingeschätzt. Der Wolf übersah und überhörte ihn, weil er seine ganze Aufmerksamkeit wegen seines gewaltigen Hungers so starr auf die in der Ferne weidende Schafherde gerichtet hatte, daß ihm diese leichte Beute entging. Durch seinen riesigen Hunger war sein Blick so eingeschränkt, daß er das Naheliegende nicht mehr wahrnahm."

Nachdem Lakschman mit dieser Fabel geendet hatte, fuhr er fort: "Wenn du ihr diese Geschichte erzählt hast, dann finde mit ihr eine Lösung für ihr Problem."

Ich sagte zu Sevinc: "Gehen wir zusammen zu Müberra, wir haben gelobt, niemals eine unseres Bundes in Not, Gefahr oder Schwierigkeiten zu verlassen. Für uns beide wird es nicht zu schwierig sein, Müberra aus ihrer Not zu helfen."

Wir gingen zurück nach Kaya, Lakschman ging in sein Haus, Sevinc und ich suchten Müberra auf.

Sevinc begann sofort: "Wir glauben, daß du ein Problem hast, das dich fast erdrückt. Wir sind gekommen, um mit dir darüber zu sprechen."

Zunächst war Müberra argwöhnisch und traute dem Frieden nicht. Dann erzählte ihr Sevinc die Fabel vom hungrigen Wolf.

Müberra taute nun auf und sagte: "Vielleicht sehe ich das Naheliegende wirklich nicht."

Sevinc fragte sie: "Was für ein Problem ist es, für das du bis jetzt noch keine Lösung gefunden hast?"

Da war das Eis wirklich geschmolzen. Müberra klagte: "Jede angelt sich hier einen Mann, nur ich bekomme keinen, obwohl ich am besten von uns allen aussehe."

Sevinc fragte sie: "Wer hindert dich daran, dir auch einen Mann zu angeln?"

"Niemand", antwortete Müberra.

Dann fragte ich sie: "Was ist dein Problem?"

Sie sagte: "Ja glaubt ihr, daß ich nicht ins Paradies kommen will? Wie soll ich mit einem andersgläubigen Mann einmal in das Paradies kommen? Wenn ihr nicht ins Paradies eingehen wollt, dann ist das eure Sache."

Glücklicherweise ging Sevinc nicht auf das Problem ein, sondern suchte nach einem gangbaren Weg zu dessen Lösung. "Ja, dann angle dir halt einen Moslem", schlug sie schließlich vor.

Müberra keifte: "Ja, wo denn? Es gibt hier doch keine Moslems. Das ist doch mein Problem."

"Dann mußt du dahin gehen, wo es sie gibt", erwiderte Sevinc.

Müberra giftete: "Ich gehe nicht zurück zu meinem Mann, dann hätte ich erst gar nicht von ihm fortgehen müssen."

Sevinc meinte: "Niemand hat gesagt, daß du zurückgehen sollst. Geh nach vorn."

Müberra fragte, wo sie hingehen solle, und Sevinc antwortete: "Gehe nach Izmir."

"Oder nach Istanbul oder Europa", bemerkte ich. "Mache dein Glück, und mach dich und andere nicht unglücklich, indem du Unfrieden stiftest."

Das war zuviel. Müberra höhnte: "Was soll ich in Izmir? Soll ich als Bauchtänzerin in Izmir auftreten?"

"Ja, warum nicht?" fragte Sevinc.

Ich bestärkte sie und sagte: "Und wenn du dir einen Namen gemacht hast, gehst du nach Europa und trittst in Paris auf."

Müberra giftete: "Du spinnst, warum sollte ich in Paris auftreten!"

Sevinc war beharrlich und meinte: "Dann fang halt klein an und trete in Izmir auf."

Müberra lenkte ein und fragte: "Glaubst du wirklich?"

Sevinc sagte: "Wenn du es nicht versuchst, kannst du nicht behaupten, daß es nicht ginge. Übe Bauchtanz, und bereite dich vor, vor vielen Leuten aufzutreten und einen Mann zu finden."

Müberra fragte kleinlaut: "Helft ihr mir, daß es klappt? Helft ihr mir, daß ich gut tanze? Helft ihr mir, daß ich hier wegkomme?" Sie begann zu weinen.

Ich tröstete sie und sagte: "Wir helfen dir. Wir haben es gelobt, daß wir einander helfen, und wir werden es tun. Fang heute abend an zu tanzen. Wir sagen dir, was du verbessern mußt. Wir helfen dir auch, daß du hier wegkommst. Wenn es soweit ist, begleiten wir dich bis Fethiye, und von Fethiye kommst du mit dem Bus nach Izmir."

Eines Nachmittags war Nusret, mein Sohn, ungewöhnlich still. Das kam mir irgendwie eigenartig vor. Ich dachte, vielleicht wird er krank, und schaute nach ihm. Ich habe Nusret mit der Hand sein Glied haltend und keuchend auf seinem Bett liegend erwischt. Ich habe ihn am Arm genommen, von seinem Lager gezogen, ihn zum Waschen geschickt und ihn angewiesen, die große Waschung, die laut dem Koran nach dem Samenerguß durchzuführen ist, zu machen. Ich dachte, jetzt fängt dieses Übel an, jetzt wäre es gut, wenn Nusrets Vater hier wäre, und zunächst bereute ich es, ihn verlassen zu haben. Dann dachte ich, vielleicht hilft mir Lakschman. Ich erzählte es ihm.

"Du mußtest doch damit rechnen, daß er irgendwann aus dem Kindesalter herauskommen würde."

"Schlag ihm auf die Finger, daß er es für alle Zeiten seinläßt. Ich erlaube es dir. Ich bitte dich darum, ich flehe dich an, tu etwas, damit er es nicht mehr macht."

Lakschman nahm meinen Kopf in seine Hände und sagte zu mir: "Bevor die Väter der heutigen Hindus von Westen kamen und Indien eroberten, lebte schon ein Volksstamm in Indien, dem ungefähr 200 000 Menschen angehörten."

"Was hat das mit Nusret zu tun?"

"Ich komme gleich darauf; dieser Volksstamm ist das glücklichste Volk, das ich kenne. Und was, denkst du, ist sein Geheimnis, das alle so glücklich sein läßt?"

"Du erzählst es mir."

"Das Geheimnis besteht aus dem Haus der Kinder, "Ghotul" genannt, und der Erziehung der Kinder in diesem Haus.

Wenn die Eltern befürchten, daß das Sexualleben die kindliche Seele belasten könnte, kommen die Kinder in dieses Haus.

Die Umsiedlung ins Ghotul verhindert auch den Zusammenprall des kindlichen Drangs nach Selbstbestätigung mit der elterlichen Autorität. Der sonst unvermeidliche Konflikt zwischen Eltern und Kindern findet nicht statt. Die elterliche Bevormundung wird durch das Teamprinzip der Kinderdorfgemeinschaft abgelöst. Die Gesetze, die ihr Zusammenleben nun regeln, sind nicht die oftmals willkürlich angewandten Vorrechte zweier Erwachsener, sondern regeln sich nun aufgrund selbstgewählter Rechte und Pflichten innerhalb der Kinderrepublik. Die Liebe zu den Eltern bleibt ungetrübt und dauert das ganze Leben.

Im Ghotul leben Jungen und Mädchen zusammen. Jeden Abend wählen die Mädchen sich einen Partner, mit dem sie ihr Lager teilen. Altersunterschiede spielen dabei keine Rolle. Vor dem Schlafengehen treiben sie Körperpflege, indem die Paare einander die Haare kämmen. Bei dieser körperlichen Nähe bleibt es nicht aus, daß sie weitere kleine Zärtlichkeiten austauschen, doch sollte ein Paar mehr wollen, ist dies nur außerhalb des Ghotuls gestattet. Es ist durchaus normal, daß ältere Mädchen oder auch Knaben jüngere Partner in die Sexualität einweihen.

Trotz der vielen Jahre freier, ungehemmter Sexualität während des Ghotuls gibt es vor der Ehe so gut wie keine Schwangerschaft. Wenn ein Mädchen ins Ghotul kommt, so bittet es in einer feierlichen Zeremonie den Gott des Dorfes, es vor einer vorehelichen Schwangerschaft zu bewahren. Den Mädchen sind dann ihre fruchtbaren Tage bewußt, und kein Mädchen wird gegen seinen Willen zum Geschlechtsverkehr gezwungen.

Für die Hindus ist die Sexualität spätestens seit der Kolonisierung durch die prüden Engländer unrein, darum wird sie von ihnen verteufelt. Unter Lakshmana war das nicht so. Das glückliche Volk dagegen sieht in der Sexualität immer noch ein elementares Bedürfnis des Menschen, das genau wie Essen und Trinken, Arbeiten, Tanzen und Singen gelernt und gepflegt werden muß.

Leider wird von den anderen Indern ausgerechnet dieser Volksstamm zu Kriminellen abgestempelt, zum einen, weil sie sich offen zur Sexualität bekennen, zum anderen, weil sie zu jenen Ureinwohnern gehören, die keine Hindus sind. Sie gelten unreiner noch als die Unberührbaren.

Während Verbrechen, Selbstmorde und Sexualvergehen bei den Hindus zunehmen, gibt es bei ihnen keine Kriminalität. Die Kinder arbeiten schwer und sind glücklich. Verbrechen und Homosexualität sind ihnen fremd.

Wer heiratet, muß das Ghotul verlassen, die Kindheit ist damit zu Ende. Beim Verlassen der Kinderrepublik für immer kann schon ein wenig Wehmut aufkommen. Doch wenn alle Mädchen des Ghotuls den jungen Mann mit Safran bestreichen und ihn so zum Erwachsenen stempeln, bricht die Heiterkeit wieder aus. Danach trägt ihn jedes Mädchen einmal im Kreis herum. So nehmen sie Abschied von einem Jungen, der oft ihr Lager teilte. Nun ist er erwachsen, und er muß treu sein.

Hier, in der verlassenen Kirche der verbannten Griechen, ließe sich ein Ghotul sehr leicht einrichten. Das Gebäude wäre groß genug, ja sogar noch aufnahmefähig für andere Kinder, wenn die Eltern ihnen den Einzug ins Ghotul gestatten würden."

"Lakschman, du hast verrückte Ideen, aber gerade deswegen höre ich dir gerne zu."

"Du und die anderen, hattet ihr nicht auch eine verrückte Idee, eurem Mann davonzulaufen? Haben nicht alle ein bißchen verrückte Ideen? Und sind diejenigen, die keine verrückten Ideen haben, nicht alle ein bißchen gestorben, ein bißchen tot, jeden Tag ein bißchen mehr tot?

Kommen wir wieder zum Eigentlichen; Fatma wollte ihren Mann verlassen, weil er sie geschlagen hat. Er hat sie geschlagen, weil Fatma mit dem gleichen Problem, das du jetzt mit Nusret hast, nicht fertig wurde. Ich soll Nusret schlagen, weil du damit nicht fertig wirst. Fatmas Mann hat Fatma geschlagen, und ihr seid fortgezogen. Ich schlage Nusret, und Nusret zieht fort - oder das Problem wird jetzt endlich einmal bei den Hörnern gepackt. Und es gibt eine erprobte und äußerst erfolgreiche Lösung dieses Problems, ja es scheint mir, daß diese Lösung andere Probleme erst gar nicht entstehen läßt. Nicht, daß ich vor Nusret Angst habe, aber ich werde ihn nicht schlagen, weil das nicht die richtige Lösung des Problems ist. Und du brauchst nicht den Kopf in den Sand zu stecken wie der Vogel Strauß. Berede es mit den anderen Müttern."

"Du hast zwar recht, aber die anderen Frauen werden es bestimmt ablehnen."

"Du hast es ja noch gar nicht versucht."

"Ich kann es nicht."

"Jetzt warst du ehrlich; wie kann ich dir dabei helfen?"

Ich bat ihn, er solle es den anderen Frauen selbst vortragen, und er sagte zu, daß er es tun würde. Ich dachte, wenn er Nusret verklopfen würde, wäre das Problem ein für allemal gelöst, aber insgeheim fühlte ich, daß der Lauf des Problems jetzt erst anfing.

Wir versammelten uns an der Weggabelung, an der wir immer die Probleme besprechen, die alle angehen. Lakschman trug alles, was er mir am Vortag erzählt hatte, noch mal vor. Die Kinder waren begeistert, und je begeisterter die Kinder waren, um so länger wurden die Gesichter der Mütter.

Dann beruhigte Lakschman die Gemüter der Mütter wieder:

"Wir müssen nicht alles auf einmal bewerkstelligen wollen, wir haben keine großen Kinder, die im Ghotul erzogen worden sind, aber wir können es schrittchenweise ausprobieren und unseren Kindern beistehen, so gut wir es vermögen. Schlechter kann es nicht werden, es kann nur besser werden, es käme auf einen Versuch an. Und wir müßten die Regeln festlegen, die zwischen den Kindern und den Erwachsenen gelten sollen, wir haben ja eine für uns nie dagewesene Situation. Schließen wir für heute, und jede überlegt sich bis morgen abend die Fragen, die sie zum Ghotul bei uns in Kaya hat."

Er begleitete mich noch bis zu meinem Haus und sagte: "Es ging besser, als ich vermutet hatte." Und dann lächelte er: "Mit den Verrückten treibt man die Welt an, mit den Toten kannst du kein Stäubchen bewegen."

Am nächsten Tag kam Fatma zu mir und sagte: "Lakschman hat leicht reden, er hat keine Tochter, die er nicht mehr verheiratet bekommt, die dann als Hure in die Großstadt gehen kann, wenn ihre Jugend und Schönheit verblüht sind, weil kein Bräutigam eine gebrauchte Braut will, wenn er eine ungebrauchte bekommen kann."

Ich sagte ihr, daß sie recht habe und daß das heute abend zur Sprache gebracht werden müsse. Ich selbst bekam keinen Gedanken zusammen, ich war viel zu beschäftigt mit der Frage, wie ich mit Nusret fertig werden würde, wenn das Ghotul nicht zustande käme.

Am Abend trafen wir uns. Gülcan sagte: "Die Kinder zusammenleben zu lassen, ist keine schlechte Idee. Vielleicht können sie untereinander mit Gleichaltrigen ihre Selbstbestätigung besser erhalten und stoßen auf weniger Ablehnung, wenn sie beim Erwachsenwerden die Grenzen eines gerechten Zusammenlebens überschreiten. Da liegt nicht das Problem, ein Ghotul einzurichten. Das Problem, hier ein Ghotul zu errichten, liegt bei der Sexualität."

Sevinc meinte: "Wenn eines unserer Mädchen im Laufe der freizügigen Erprobung der Sexualität seine Unschuld verloren hat, wird kein Mann es mehr wollen, es sei denn, daß immer nur gleich viele Mädchen wie Jungen im Ghotul sind und die Jungen sich verpflichten, nur ein Mädchen aus dem Ghotul zu heiraten."

Lakschman schlug vor: "Vielleicht müßte man auch einführen, daß der Junge, der dem Mädchen die Unschuld nimmt, die Pflicht hat, es zu heiraten, es sei denn, das Mädchen entbindet ihn von der Pflicht, weil ein anderer Junge es heiratet."

Mihan, Müberras Schwester, gab zu bedenken: "Es gibt keinen Gott außer Allah, und unsere Mädchen können somit keinen Gott des Dorfes bitten, daß er eine Schwangerschaft vor der Ehe verhindern möge."

Setta sagte: "Außerdem haben wir keine größeren Kinder, die die Erziehung des Ghotuls durchlaufen haben und die jüngeren führen könnten."

Müberra meinte: "Wenn die Polizei oder irgend jemand Wind davon bekommt, fliegen wir alle zusammen ins Gefängnis, samt den Experimentatoren und den Experimentatorinnen, die aber getrennt."

Lakschman sagte daraufhin: "Laßt uns mit einem kleinen Schritt beginnen, und laßt die Kinder in der Kinderrepublik leben. Und gestatten wir ihnen die Sexualität wie bisher erst in der Ehe. Seien wir für sie da, wenn sie Hilfe brauchen. Um Entgleisungen zu verhindern, müssen im Ghotul einfach jeden Abend viele Eimer mit kaltem Wasser stehen, und wenn ein Paar zu weit geht, müssen es die anderen mit so viel Wasser übergießen, daß der Reiz in Anbetracht des Wassers wieder nachläßt, genauso, wie man es mit Tieren hält, wenn sie sich nicht bespringen sollen. Das ganze Ghotul hat die Pflicht, das Paar, das sich nicht mehr selbst auseinanderhalten kann, zu trennen. Dabei nehmen sich die Mädchen den Knaben und die Knaben das Mädchen vor.

Seid ihr damit einverstanden, falls morgen abend, wenn die Sonne unter den Horizont taucht, mindestens drei Knaben und drei Mädchen mit der Erlaubnis der Mütter in der Kirche sind, daß dann das Ghotul eingerichtet wird?" Alle nickten.

Am darauffolgenden Tag war eine riesige Aufregung, die Kinder feuerten sich gegenseitig an, ihre Mütter zu überreden, ins Ghotul zu dürfen, und abends waren zu meiner Überraschung Ilkay, Hümeyra, Tuba, Hasret und Oshan in der verlassenen Kirche. Daß Nusret dasein würde, habe ich ja gewußt. Jetzt war in Kaya das erste Ghotul. Ich hoffte, daß unsere Entscheidung richtig war.

Die Kinder nahmen das Ghotul in Beschlag. Alle Kinder waren dabei, sie wollten sehen, wie es im Ghotul sein würde, wenn auch sie einmal dort sein würden. Sie füllten den Raum mit ihren Stimmen, man hätte glauben können, sie vertrieben mit ihrem Schreien, Lärmen, Kreischen und Johlen zurückgebliebene, fremde Geister oder Seelen. Dann entdeckten sie ein Loch, in dem Knochen lagen.

Achmet holte einen Oberschenkelknochen aus dem Loch unter der Kirche hervor, hielt ihn triumphierend hoch und rief: "Schaut mal, was ich hab'." Hümeyra wies ihn an, den Knochen wieder zurückzulegen - die Kinderrepublik begann zu keimen, schon bevor sie feierlich eröffnet war.

Lange vor unserer Ankunft in Kaya hatten Plünderer den Boden in der Kirche aufgerissen, wahrscheinlich vermuteten oder erhofften sie darunter einen Kirchenschatz. Die Kinder schafften die losgerissenen Fußbodenplatten aus dem zukünftigen Ghotul hinaus und warfen sie vor die Knochen der verblichenen Griechen, zum einen, damit niemand die Ruhe der Gebeine störte, zum anderen waren die Steine dort gut aufgehoben, ohne irgend jemanden zu stören. Dabei stürzte Achmet und stieß sich ein Loch in das Knie. Er schrie fürchterlich, wahrscheinlich vor Schmerz, aber wohl auch, um den Schmerz zu vertreiben.

Lakschman war ebenfalls da, um zu sehen, wie sich das Ghotul entwickelte.

Das Säubern des Ghotuls war sehr schnell beendet. Dann wurden sechs Nachtlager hergerichtet. Ein Problem bestand darin, sechs Wassereimer zu finden. Bei jedem Nachtlager sollte ein Wassereimer stehen. Es gab zwar Wasserkanister, aber die könnten im Notfall nicht mit der notwendigen Geschwindigkeit geleert werden.

Lakschman gab die unumstößlichen Regeln nochmals bekannt, die die Kinder und Mütter einhalten müßten: "Allen Erwachsenen ist es verboten, sich in die Angelegenheiten des Ghotuls einzumischen. Im Ghotul ist jegliche Gewalt verboten, insbesondere ist es den Knaben verboten, einem Mädchen die Unschuld zu nehmen, und den Mädchen ist es verboten, sich die Unschuld nehmen zu lassen. Die Kinder haben die Pflicht, einem Paar zu helfen, das gegen das Verbot, die Unschuld zu nehmen, verstoßen will, indem sie auf das Paar so viel Wasser gießen, bis es auseinandergeht. Das Paar wird für diese Nacht getrennt. Notfalls müssen die Mädchen den Jungen und die Jungen das Mädchen von seinem Partner wegziehen. Dann muß das Wasser in den Eimern nachgefüllt werden, was alle Kinder des Ghotuls gemeinsam erledigen, um zu verhindern, daß das Paar sich einander wieder nähert. Das Paar, das getrennt wurde, muß für den Rest der Nacht einen anderen Partner bekommen, damit der Frust nicht zu groß ist.

Weiterhin gilt, wer einem Mädchen die Unschuld nimmt, hat es zu heiraten, und das Mädchen, das es zuläßt, hat den zu heiraten, dem sie es nicht verwehrt hat."

In Fethiye kauften die Kinder die für das Ghotul notwendigen Plastikeimer. Wir Mütter kochten Pilaw und backten Kuchen. Es sollte das erste große Fest werden, seit wir in unserer neuen Heimat waren. Und das war es auch. Lakschman ließ zuerst uns Mütter versprechen, daß wir nicht in die Angelegenheiten des Ghotul dreinreden würden. Für das Versprechen der Kinder dachte er sich etwas Besonderes aus. Er zog sechs bunte, handbreite Papierrollen hervor und sagte: "Jedes Kind, das heute ins Ghotul einzieht, nimmt sich jetzt eine Papierrolle." Als jedes eine Papierrolle hatte, sagte er: "Rollt die Papierrolle etwas auf, und knüpft das Papierband irgendwo vorsichtig fest, ohne es zu zerreißen. Das geht, das Kreppapier ist elastisch genug." Als alle es festgeknüpft hatten, fuhr er fort: "Jetzt rollt das Papierband ganz auf, und dreht es dann zu einer Papierschnur." Als alle Kinder die Papierschnur zusammengedreht hatten, sagte er: "So wie ihr die Schnur selbst gedreht habt, so spinnt ihr auch euren Lebensfaden selbst zusammen. Nun kommen wir zum feierlichen Teil des heutigen Tages. Es beginnt ein neuer Abschnitt in eurem Leben, ihr seid jetzt nicht nur für euer eigenes Leben verantwortlich, sondern auch für das der anderen Kinder im Ghotul. Doch wir Erwachsenen, insbesondere eure Mütter, wollen euch dabei behilflich sein. Deshalb bilden jetzt die Kinder, die ins Ghotul einziehen werden, einen Kreis und erhalten von ihren Müttern, die ihnen das Leben geschenkt haben, die Papierschnur in die Hand, die das bisherige Leben darstellt. Die Schicksale der Kinder, die ins Ghotul einziehen, werden jetzt so eng miteinander versponnen werden, wie ein Faden aus vielen einzelnen Fäden zusammengesponnen ist oder wie eine Schnur oder ein Seil aus mehreren feineren Teilen zusammengezwirnt ist. So sollt ihr nun eure einzelnen Papierschnüre miteinander verzwirnen, bis sie ein einziges Seil sind. Das Seil entspricht der nun enstehenden Gemeinschaft, und so wie die Mütter am einen Ende die Fäden halten, um euch zu helfen, das Seil zu zwirnen, so wollen sie euch auch helfen, wenn ihr im Ghotul am Ende eures Wissens seid und einen Rat braucht. Nun dreht euch im Kreise unter der Schnur durch, daß ihr euch zur Gemeinschaft findet. Die Schnur könnt ihr dann in das Ghotul mitnehmen und ihr einen Ehrenplatz geben, damit ihr euch immer daran erinnern könnt."

Als das Seil fertig gedreht war, war es viel kürzer als die Papierschnüre. Dann wurde es an den beiden Enden verknotet und anschließend von den Kindern in das Ghotul gebracht.

Lakschman wünschte jedem Kind Glück für den neuen Lebensabschnitt, dann folgten wir Mütter, die Geschwister und die anderen Kinder und danach die Frauen, deren Kinder jetzt noch nicht ins Ghotul einzogen. Die Kinder bekamen Geschenke, hauptsächlich Geld, Kissen, eine Maultrommel, Zimbeln, Geschirr und einen Spiegel.

Dann gab es Pilaw. Die Kinder stopften sich den Bauch voll. Und beim Kuchen aßen sie, als ob sie zuvor nichts gegessen hätten. Es war alles sehr aufregend für sie.

Nach dem Essen erzählte Lakschman noch eine Geschichte, die sie in das Ghotul mitnehmen sollten. Die Geschichte hieß:

Prinz Elron

Es war einmal ein Prinz, der hieß Elron. Er war gerecht und wollte, wenn er einmal die Regierung übernehmen würde, daß seine Untertanen ihm nacheifern und versuchen sollten, ebenso gerecht zu sein, wie er es war. Dieses hohe Ziel wollte er schon vor seiner Regierungszeit vorbereiten, damit er während seiner Regentschaft nicht zuviel Zeit für die Gesetze brauchen und zuwenig Zeit für all die anderen Regierungsangelegenheiten haben würde.

In seinem Land gab es viele Gesetzeskundige, die über die Landesgrenzen hinaus berühmt waren. Der Prinz bat die zwölf berühmtesten Gesetzeskundigen zu sich und erklärte ihnen, daß er sich einen Namen machen wolle, indem sein Land in der ganzen Welt das mit der größten Gerechtigkeit sei.

Der Prinz sagte: "Ich habe euch zu mir gebeten, um euren Rat zu hören, wie dieses Ziel zu verwirklichen ist."

Die Gesetzeskundigen dachten lange nach. Der Jüngste, der erst am Anfang seiner juristischen Laufbahn stand und immer die brillantesten Stellen des Gesetzes wußte, sagte: "Das Wichtigste ist, die Gesetze zu kennen. Wer die Gesetze nicht kennt, kann sie nicht einhalten."

Das leuchtete dem Prinzen ein. Die anderen Gesetzeskundigen sahen, daß er zweifellos recht hatte. Sie sahen aber auch, daß ihre Geldeinnahmequellen versiegen würden, wenn jeder

Bürger über die Gesetze Bescheid wüßte, denn dann würden sie nicht mehr um Rat gefragt werden müssen.

Der älteste Gesetzeskundige sagte zu dem Prinzen: "Wenn du dies erreichen willst, dann wirst du viele Gesetzeslehrer brauchen, und wenn alle Bürger die Gesetze kennen sollen, dann werden wir Gesetzeslehrer ausbilden müssen. Ich könnte die Gesetzeslehrer in Kriegsrecht ausbilden, im Kriegsrecht kann sich niemand im Lande mit mir messen."

Der nächste sagte: "Ich könnte alle neuen Gesetzeslehrer in Familienrecht ausbilden." So sagte jeder der Anwesenden, in welchem Recht er am besten Bescheid wisse und daß er die neuen Gesetzeslehrer darin ausbilden könne.

Der Königssohn bedankte sich bei den zwölfen, sagte, daß er sich ihren Rat überlegen werde, und schenkte jedem ein Pferd, je nach Geschmack des Beschenkten einen Rappen, einen Fuchs oder einen Falben, aus den staatlichen Stallungen, der Jüngste aber erhielt einen Schimmel aus dem Marstall des Königshauses.

Der Prinz ging in den Gärten des Schlosses spazieren. Er wußte, daß die Gerechtigkeit nur dann am größten sein könne, wenn alle Bürger alle Gesetze kennen würden, aber er wußte auch, daß er nicht alle Untertanen die Gesetze studieren lassen könnte, denn sonst würden bald alle verhungern, weil vor lauter Studieren niemand mehr Zeit zum Arbeiten hätte.

Der Prinz sah den Kranichen zu, wie sie auf leisen Schwingen über dem Lotosteich kreisten, dem Wasser immer näher kamen, bis sie auf dem See wasserten und dann zum Ufer wateten. Er war traurig, weil sein sehnsüchtiger Wunsch sich nicht erfüllen ließ. "Ach, wie gut haben es die Kraniche", dachte er, "sie können herrliche Kreise hoch in den Lüften ziehen, die Welt von oben sehen und haben nicht solche Probleme, wie ich sie habe. Und als seinem Mund die sehnsüchtigen Worte entsprangen: "Ach, wenn ich nur auch ein Kranich wäre." Und schwuppdiwupp war er ein Kranich.

Der Prinz, in einen Kranich verwandelt, konnte nun verstehen, was seine geflügelten Brüder und Schwestern miteinander sprachen. Er lauschte der neuen Sprache und hörte, wie die Kranichin zum Kranich sagte: "Wenn die Hitze noch länger anhält, werden bald alle Wasser und Sümpfe ausgetrocknet sein und mit ihnen die Frösche und die anderen Tiere, die im Wasser und auf dem Land leben, und wir werden nichts mehr zum Fressen haben. Wir müssen sehen, daß wir überleben!" Die Kranichin hatte recht, denn dieses Jahr war der Sommer ungewöhnlich heiß.

Der Prinz sah, daß er sich in eine große Gefahr begeben hatte, und wünschte sich, lieber ein armer Mann zu sein, als hoch in den Lüften Kreise ziehen zu können, aber letztlich doch verhungern zu müssen und nicht überleben zu können. Kaum hatte er den Gedanken zu Ende gesprochen, da war er - schwuppdiwupp - ein Bettler, an dem die Lumpen herunterhingen und dem vor Hunger der Magen knurrte.

Nachdem das Wünschen bislang so unerwartet gut vonstatten gegangen war, wollte er sich nun aller Überlebensprobleme entledigen und wünschte sich, ein mächtiger und einflußreicher Geist zu sein. Er hatte den Gedanken kaum ausgesprochen, und schwuppdiwupp war er ein großer Geist, und viele Geister traten vor sein Angesicht und fragten: "Großer Geist, was befiehlst du mir?" Und der Prinz, der nun ein großer Geist war, befahl: "Zeigt mir die Welt der Geister!" Und die Geister nahmen ihn mit sich fort.

Da kamen sie vor eine Tür, die war so schön und harmonisch in ihrer äußeren Form, und trotz aller Harmonie war sie nicht langweilig. Die äußere Form glich dem Rad eines Pfaues, aber das Material, aus dem die Tür zu sein schien, war wie Perlmutt irisierend und mit Gold durchsetzt wie der klare Nachthimmel mit Sternen. Der Prinz fragte: "Wohin führt diese Tür?" Und die Geister antworteten: "Hier komponieren Geister Lieder. Dann singen sie die Lieder, und dann variieren sie die Stücke." Sie gingen hinein, sahen und hörten, was der Geist angekündigt hatte.

Dann kamen sie zu den Geistern, die die Märchen erfanden und die Märchenerzähler auf der Erde inspirierten. Immer wurden neue Geschichten und Märchen erfunden, und schauspielernde Geister führten die Stücke auf.

Danach kamen sie an eine Tür, die war wie Granit. Sie war schwer, schwarz, und es ging eine mächtige Kraft von ihr aus, die alles von ihr wegdrängte. Die Geister wollten schnell an ihr vorbeiziehen, aber der Prinz wollte auch diesen Teil des Geisterreichs kennenlernen. Die Geister erklärten ihm, daß er die Tür nicht öffnen dürfe und daß die mächtige Kraft, die ihn von der Tür zurückdränge, ein Schutz für ihn sei. Der Prinz fragte: "Was verbirgt sich hinter dieser Tür?" Die Geister antworteten: "Hinter dieser Tür haust das Böse mit all seiner dämonischen Gewalt und seiner unerschöpflichen Gier."

Aber der Prinz war nicht nur gerecht, er war auch kühn. Wenn er schon einmal in der Geisterwelt war, wollte er auch die Dämonen kennenlernen. Er stemmte sich gegen die zurückstoßende Kraft der granitenen Tür, bis er den Griff der Tür zu fassen bekam und die Tür öffnen konnte. Der Türgriff war noch nicht ganz nach unten gedrückt, da krachte der granitene Türrahmen auseinander, die Tür sprang aus den Angeln und segelte bis ans Ende des Geisterreichs, wo sie niederfiel und zerbarst.

Endlos quoll aus dem Reich des Bösen schwarze und schwere Energie, die alles Lichte und Leichte aufsaugte und verschlang, und mit allem, was sie verschlang, wurde sie noch mächtiger und noch gieriger. Die Dämonen sahen scheußlich verkrüppelt aus, strömten einen häßlich stinkenden Atem aus, sie hinkten, brüllten, schepperten, grölten, lärmten und zertraten alles, was unter ihre Pranken kam. Und was sie in ihre Pratzen bekamen, verleibten sie sich in ein Loch unter dem Auge ein.

In seinem Schrecken wünschte sich der Prinz, nie die Tür zum Reich des Bösen geöffnet zu haben, und sagte: "Wäre ich nur starr wie ein Baumstamm." Noch bevor er seine Worte zu Ende sprechen konnte - er wollte eigentlich sagen, "wäre ich nur starr wie ein Baumstamm gewesen" -, war er wieder aus dem Reich der Geister ausgestoßen und auf der Erde in einen Baum verwandelt.

In einen Baum verwandelt, hörte der Prinz die Bäume raunen. Er hörte, wie sie nach Wasser dürsteten, und er hörte, wie einer sagte: "Bald muß ich so viele Blätter fallen lassen, daß ich nicht weiß, ob ich nicht noch ganz austrockne bei dieser Hitze, ja ich weiß nicht, ob ich diese Hitze überhaupt noch überleben kann." Dann spürte er einen scharfen Schmerz an der Wurzel des Baumes, wie wenn eine Axt in den Stamm gehauen worden wäre. Und er hörte eine Männerstimme sagen: "Ich weiß nicht, warum wir einen Baum fällen sollen, um einen Sarg für den Prinzen daraus zu schreinern, wenn der Leichnam des Prinzen noch gar nicht gefunden wurde. Vielleicht hat ein wildes Tier den Prinzen gefressen, und sein Leichnam wird gar nie gefunden." Und auf einmal fiel es dem Königssohn wie Schuppen von den Augen, daß die Männer von ihm sprachen.

Der Prinz erinnerte sich wieder, was geschehen war, daß er die Tür zum Reich der Dämonen geöffnet hatte. Er faßte all seinen königlichen Mut zusammen und wünschte sich zurück in die Geisterwelt, von der er sich mit dem Wunsch, starr wie ein Baum zu sein, ausgestoßen hatte. Die lichten Geister, die ihn zuvor gebeten hatten zu befehlen, flohen jetzt vor ihm in panischem Schrecken. Als der Prinz das bemerkte, schrie er, daß man es im ganzen Reich der Geister hören konnte: "Es reut mich, daß ich die Tür zum Reich der Dämonen geöffnet habe, ich will den Schaden wieder in Ordnung bringen! Kann mir einer sagen, was ich tun muß, um den angerichteten Schaden wieder zu beheben?"

Da kam der oberste Geist der Gerechtigkeit und sagte zu ihm: "Wenn du das gerechte Gesetz auf Erden verwirklichst, werden die Dämonen gebannt sein, bis der nächste Narr meint, die Tür wieder öffnen zu müssen!"

Der Prinz wünschte sich in seinen väterlichen Palast zurück. Der König und die Königin freuten sich, ihren totgeglaubten Sohn wiederzusehen. Sie fragten ihn, wo er sich versteckt habe. Dann erzählte er alles der Reihe nach.

Als er geendet hatte, sagte die Königin: "Du mußt das gerechte Gesetz finden und verwirklichen!"

Elron erwiderte: "Zuerst wollte ich das gerechteste Land, und nun muß ich das gerechteste Gesetz finden. Aber es muß so sein, denn ein ungerechtes Gesetz rechtmäßig durchzusetzen, schafft keine Gerechtigkeit. Ich wollte den zweiten Schritt vor dem ersten tun."

Der König sagte: "Das schwierigste wird sein, das gerechte Gesetz zu finden!", und er befahl die weisesten Männer seines Landes an den Hof. Als alle Gerufenen versammelt waren, erzählte er ihnen, was die Aufgabe des Thronfolgers sei, und bat sie, ihn zu unterstützen.

Elron klärte sie über den Rat, den die Gesetzeskundigen erteilt hatten, auf und fügte gleich hinzu, daß es viel zu lange dauern würde, alle Gesetze zu studieren.

Dann sagte der Älteste: "Wenn es zu lange dauert, die Gesetze zu studieren, müssen die Gesetze gekürzt werden! Ich schlage vor, daß in unserem Land für alle Menschen, auch für Fremde, gilt: Alle Menschen besitzen das Recht auf Glücklichsein." Und er schlug noch elf weitere Gesetze vor.

Wer Rechte besitze, der müsse aber auch Pflichten übernehmen, und die Pflicht sei: allen Menschen diese Rechte zuzugestehen.

Und der nächste Weise sagte: "Ich schlage vor, daß für Partner in unserem Land gilt: Jeder Partner hat das Recht, daß ihn der andere glücklich macht, und die Pflicht, den anderen glücklich zu machen." Und er schlug noch elf weitere Rechte und Pflichten vor.

Als der zweite seine Gesetze über Partnerschaft vorgetragen hatte, sagte der dritte: "Eure Gesetze sind sehr gut, aber nicht von allen leicht zu verstehen. Kung Fu Tse[1] hatte ein sehr kurzes Gesetz, das jeder sehr schnell lernen kann, es heißt: "Was du nicht willst, daß man dir tu, das füg auch keinem andern zu."

Dem König gefiel dieses Gesetz so sehr, daß er es sofort verkünden ließ und zum obersten Gesetz seines Reiches erhob. Es war ein gerechtes Gesetz, und es war leicht zu verstehen.

Die Jahre vergingen.

Prinz Elron war älter und König geworden. Er hatte die Regentschaft übernommen, doch leider war sein sehnlichster

1 *Konfuzius*

Wunsch, der Herrscher über das gerechteste Land zu sein, immer noch nicht erfüllt.

Eines Tages ging er wieder einmal am Lotosteich spazieren, wie er es öfter tat, wenn er über sein Versprechen nachdachte, den Schaden, den er angerichtet hatte, als er die Tür zum Reich der Dämonen geöffnet hatte, wieder in Ordnung zu bringen. Wie sollte er das gerechte Gesetz verwirklichen? Er sagte zu sich: "Sie haben das Gesetz bekommen, das ihnen sagt, was sie nicht tun sollen, und es ist leicht zu verstehen und leicht zu lernen."

Dann ging ein Strahlen über sein Gesicht, seine Augen wurden kleiner, und sein Mund wurde größer. Er sprang vor Freude in die Luft, und als er wieder auf dem Boden war, drehte er sich mehrmals im Kreise und rief: "Ich habe es, ich habe es." Und er rief noch lauter: "Ich habe ihnen gesagt, was sie nicht sollen, aber ich habe ihnen nicht gesagt, was sie dürfen.

Sie brauchen sich - wegen ihrer eigenen Unvollkommenheit - nicht selbst zu hassen, sie dürfen sich trotzdem selbst lieben.

Sie dürfen eine Frau oder einen Mann, Kinder und Familie lieben.

Sie dürfen Gemeinschaften lieben.

Sie dürfen die ganze Menschheit lieben."

Dann erinnerte sich der König an die Zeit, als er ein Kranich und ein Baum gewesen war. Und er erinnerte sich an die Geister und Dämonen und wie froh er gewesen war, wieder festen Boden unter den Füßen zu haben.

Und der König fuhr fort:

"Sie dürfen Tiere und Pflanzen lieben.

Sie dürfen die Erde - und alles, was sie in sich birgt -, die Sonne, den Mond und die Sterne lieben.

Sie dürfen Seelen und Geister lieben."

Der König war mit sich selbst sehr zufrieden, jetzt hatte er zu den Pflichten der Bürger auch ihre Rechte gefunden.

Er erzählte es der Königin. Sie nickte mit dem Kopf und sagte: "Jetzt wird das Land bald das gerechteste Land sein." Doch dann meinte sie: "Irgendwie fühle ich, daß ein Recht noch fehlt." Und sie fuhr fort: "Ja, du hast die Quelle des Seins vergessen."

Der König erwiderte: "Ja, du hast recht. Und darum dürfen sie einen oder viele Götter lieben."

König Elron verkündete diese acht Rechte und ließ sie sofort für gültig erklären. Dann ging er in den Garten zu der Stelle, an der er sich in den Kranich verwandelt hatte, und wünschte sich in das Reich der Geister. Und schwuppdiwupp war er wieder im Reich der Geister.

Da stand der oberste Geist der Gerechtigkeit vor ihm und sprach: "Diese Gesetze sind die Liebe. Und die Liebe ist alles. Du hast das Gesetz der Liebe auf der Erde verwirklicht. Die Dämonen sind wieder gebannt. Wir danken dir im Namen aller guten Wesen."

Nun war der König zufrieden und wünschte sich wieder auf die Erde zurück.

Er war der bedeutendste König, den die Erde je gesehen hat. Und solange seine Gesetze gehalten wurden, war Frieden und kehrte Wohlstand ein.

Nachdem Lakschman diese Geschichte erzählt hatte, setzte er sich zu mir und sagte: "Ich würde jetzt gerne einmal etwas von euch hören oder sehen, könnt ihr nicht etwas singen, oder könnte jemand etwas zeigen oder tanzen? Mir würde Bauchtanz gefallen."

Es ist eine Augenweide, wenn Fatma bauchtanzt, deshalb habe ich sie gefragt, ob sie tanzen wolle. Aber sie sagte: "Sollen die Mädchen, die ins Ghotul gehen, uns etwas zeigen." Ich glaube, sie war ein bißchen wehmütig. Vielleicht weil Hümeyra ins Ghotul ging oder weil Lakschman öfter mit mir als mit ihr sprach.

Die Mädchen tanzten. Lakschman muß es gefallen haben, er hat sehr geklatscht. Eigentlich hätte ich ihm gerne etwas vorgetanzt, aber ich hatte Angst, daß ich nicht so gut sein würde und er mich dann nicht mehr für so attraktiv halten würde. Lieber wollte ich nicht tanzen, als in seinem Ansehen fallen.

Als die Sonne unterging, verabschiedeten sich die Kinder, die ins Ghotul gingen, und wir saßen noch lange, redeten und redeten.

Am nächsten Tag kamen die Kinder und wollten dies und das. Ich gab Nusret zehn Ziegen und die Hälfte unseres Joghurts, damit sie selbst Joghurt bereiten konnten. Hümeyra bekam sieben Ziegen und die Hälfte von Fatmas Ziegenhaar. Hasret wollte mit Lakschman einen Webstuhl für das Ghotul basteln, damit sie Kelims weben könnten. Ich war gespannt, ob sie es durchhalten oder ob sie bald wieder nach Hause kommen würden.

Die Kinder wollten Weißkäse herstellen, im Frühjahr wollten sie Salbei sammeln und auf dem Markt in Fethiye verkaufen. Wenn Tuba nicht Ziegenhaar spinnt, häkelt sie Deckchen, um sie auf dem Markt verkaufen zu können. Der Anfang ist sehr hart, wenn sie warten müssen, bis etwas reif ist oder bis die Ziegen geschoren werden können. Es gibt bei den Kindern viel Joghurt zu essen, wie bei uns auch.

Achmet war schon nach kurzer Zeit sehr betrübt. Ich fragte ihn: "Was ist passiert?"

"Die Mädchen wollen nichts von mir wissen."

"Liegt das nicht ein bißchen an dir, wenn du nicht gemocht wirst?"

"Ich kann ihnen nichts recht machen. Sie sind mit nichts, was ich mache, zufrieden. Ich komme mir vor wie das Wasser, das aus dem Brunnentrog ungetrunken abfließt, und nicht wie das Wasser, das aus dem Brunnen in die Kehle fließt, um den Durst zu löschen."

"So etwas kann im Ghotul schon einmal vorkommen, aber ich werde es mit Lakschman besprechen."

"Bitte bald."

Auf diese Weise konnte ich zwei Fliegen mit einer Klappe schlagen. Ich konnte Achmets Wunsch und meinen, Lakschman zu sehen, ohne daß er merkte, daß ich in seiner Nähe sein wollte, erfüllen.

Lakschman sagte, daß er am kommenden Abend eine Geschichte erzählen wolle und daß die Kinder vom Ghotul dabeisein sollten. Er erzähle aber auf dem Platz vor dem Ghotul und nicht an der Weggabelung, sondern da, wo wir das Fest gefeiert hätten.

Den ganzen nächsten Tag über war ich auf den Abend gespannt, und freute mich darauf Lakschman zu sehen und ihm zuzuhören.

Abends erzählte er dann die Geschichte des Geheimnisses der Zikaden vom Taj Mahal.

Das Geheimnis der Zikaden vom Taj Mahal

Wie die aufgehende Sonne den Horizont im Dunst zerfließen ließ, so löste der Abend die Menschenmenge um das Taj Mahal auf. Die Spannung des Tages hatte sich in abendlichen Frieden verwandelt. Die Sonne ließ den Himmel im Rot des feurigen Chili erglühen. Langsam kühlte die Glut ab, bis sie nur noch im Orange der fast reifen Tomaten glomm. Das Glimmen wurde schwächer, bis es nur noch gelb wie Paprikaschoten war. Allmählich wechselte das Gelb zu Türkis, bis der Himmel schließlich die Farbe der Nacht annahm.

Die Zikaden waren in ihren abendlichen Gesang vertieft. Von einem Ast im Garten des Taj Mahal klang es: "I ' i ' i ' i - i ' i ' i ' i - i ' bin die Liebste - i ' i ' i ' i - i ' i ' i ' i - i ' bin die Schönste." Und von einem anderen Zweig tönte es zurück: "I ' i ' i ' i - i ' i ' i ' i - i ' bin der Schönste - i ' i ' i ' i - i ' i ' i ' i - i ' bin der Stärkste." Eine dritte Zikade zirpte: "I ' i ' i ' i - i ' i ' i ' i - i ' bin der Stärkste - i ' i ' i ' i - i ' i ' i ' i - i ' bin der Größte."

Dieses immer eitler werdende Werben der Jugend war den Alten schließlich des Guten zuviel, sie wußten ganz genau, wer der Größte aller Zeiten wirklich war. - Das war der Mogulkaiser Johann; und die Liebste war seine Gattin Mumtaz von Mahal. - Bei aller Nachsicht für die Schäkerei des jungen Blutes, so dick brauchten sie es nicht aufzutragen.

Die Zikadenmatrone, die das meiste für die Nachkommenschaft getan hatte und daher bei allen ein hohes Ansehen genoß, nahm sich des jungen Volkes an: "Wann habt ihr von mir je solch eitles Locken vernommen? Liebe muß nicht laut sein, Größe braucht nicht laut zu sein."

Die eitle und auch jüngste Zikade fragte die Matrone: "Wie hast **du** dir denn, wenn nicht mit so feinem Zirpen, die Liebe gesichert?"

Sie antwortete: "Das ist das Geheimnis der Zikaden vom Taj Mahal."

"Ich bin auch eine Zikade vom Taj Mahal."

"Stimmt. Deshalb kann ich dir unser Geheimnis anvertrauen. Wir machen es so, wie es unsere Vorfahren gemacht haben, und die haben es von Kaiser Johann und seiner Gattin abgeschaut."

"Und wie haben Kaiser Johann und Mumtaz von Mahal sich ihre Liebe gesichert?"

"Jeder versuchte den anderen glücklich zu machen, der Kaiser versuchte die Kaiserin und Mumtaz von Mahal versuchte Kaiser Johann glücklich zu machen."

"Ist das alles?"

"Ja, im wesentlichen ist das alles."

"Und was ist das Unwesentliche?"

"Das sind Einzelheiten."

"Welche Einzelheiten sind das?"

"Kaiser Johann gab Mumtaz von Mahal ein Gefühl von Sicherheit, und sie gab es ihm, denn selbst der Kaiser war in der Liebe sehr verletzlich."

"Waren das alle Einzelheiten, wahrscheinlich kennst du nur diese eine?"

"Nein, ich weiß noch mehr. Der Kaiser respektierte Mumtaz von Mahals Gefühle, Gedanken, Meinungen und ihr Verhalten, und sie respektierte die Gefühle, Gedanken, Meinungen und das Verhalten Kaiser Johanns."

"Jetzt kennst du keine Einzelheit mehr?"

"Doch, ich kenne noch mehr. Jeder hatte das Recht, daß der andere sich mit ihm soviel wie möglich unterhält, sogar dann, wenn es einen schweren Krach gegeben hatte."

"Kennst du noch mehr Einzelheiten?"

"Ja. Kaiser Johann half Mumtaz von Mahal und stand ihr bei, wann immer es nötig war, und sie half ihm und stand ihm bei, wann immer er sie brauchte."

"Kann ich noch eine Einzelheit von dir erfahren?"

"Ja, wenn du willst."

"Ich brenne darauf."

"Gut. Weder der Kaiser noch seine Gemahlin ließen sich vom Ärger und vom Kummer hinreißen, statt dessen bemühten sie sich immer, sich von der Vernunft leiten zu lassen."

"Möchtest du mir noch eine Einzelheit erzählen?"

"Ja. Falls einer der beiden nicht stark genug war, das Notwendige zu tun, hat der andere dafür gesorgt, daß der eine es doch erreichte, und dabei die Zuneigung zu ihm nicht geschmälert, sondern erhöht. Mußte Mumtaz von Mahal bei der Erziehung der Prinzen oder Prinzessinnen streng durchgreifen und scheute sich, weil sie befürchtete, dadurch die Zuneigung ihrer Kinder zu verlieren, sprach Kaiser Johann ihr zu, das Notwendige durchzuführen. Mußte Kaiser Johann unpopuläre Maßnahmen treffen und zögerte sie hinaus, redete Mumtaz von Mahal ihm zu, das Erforderliche anzupacken."

"Kannst du bitte noch eine Einzelheit erzählen?"

"Ja. Jeder erlaubte dem anderen, das zu sein, was er sein wollte, und respektierte es. Wollte Kaiser Johann Kaiser sein, durfte er Kaiser, wollte er Vater, durfte er Vater, wollte er Jäger, durfte er Jäger, wollte er Feldherr, durfte er Feldherr, wollte er Liebhaber, durfte er Liebhaber sein. Wollte Mumtaz von Mahal Geliebte sein, durfte sie es, wollte sie Mutter sein, durfte sie es, wollte sie Tänzerin sein, durfte sie es, wollte sie Saitenspielerin sein, durfte sie es, und wollte sie Kaiserin sein, durfte sie Kaiserin sein."

"Welche Einzelheit kennst du noch?"

"Jeder war mit dem anderen ehrlich. Der Kaiser war aufrichtig zu Mumtaz von Mahal und sie zu Kaiser Johann."

"Welche Einzelheit kannst du mir noch erzählen?"

"Jeder durfte die Vorstellung des anderen ablehnen und versuchte dabei, die Vorstellung des anderen zu verstehen. Die Kaiserin durfte die Vorstellung Kaiser Johanns ablehnen, versuchte jedoch, ihn zu verstehen, und der Kaiser konnte die Vorstellungen Mumtaz von Mahals ablehnen, ohne daß sie schmollte oder begann, mit weiblichen Waffen zu kämpfen, sondern versuchte, ihn zu verstehen."

"Ich möchte alle Einzelheiten wissen."

"Jeder war ständig für den anderen da, deshalb starb Mumtaz von Mahal nicht zu Hause, sondern auf einem Feldzug Kaiser Johanns. Und deshalb ließ er zu ihrer Ehre das Taj Mahal, das größte Denkmal der Liebe, das die Welt kennt, erbauen. - Das sind alle Einzelheiten unseres Geheimnisses", endete die Matrone und flog zum Taj Mahal, wo die Gebeine Mumtaz von Mahals und ihres Gemahls ruhten und sie ihr Nachtlager hatte.

Lakschman nahm Achmet beiseite und sagte zu ihm: "Du erinnerst dich noch an das Märchen vom Prinzen vom Ganges, der die Welt eroberte und dabei 9 Tore öffnen mußte?"

"Woher kennst du dieses Märchen?"

"Deine Mutter hat es mir erzählt."

"Du stehst jetzt vor dem sechsten Tor, dem des Nichtvorhandenseins. Du bist für die Mädchen wie ungetrunkenes Brunnenwasser, in ihnen bist du nicht vorhanden. Das sechste Tor öffnet sich nicht, wenn du tust, was du für richtig hältst. Um das sechste Tor zu öffnen, mußt du mit ihnen reden. Frage sie einfach, was sie gerne sehen würden, und dann tu es. Dann bist du nicht das Wasser, das ungetrunken aus dem Brunnentrog fließt, sondern das Wasser, nach dem sie dürsten."

Am nächsten Tag sah ich Lakschman nicht, noch hörte ich ihn. Ich hatte mich so an ihn gewöhnt, daß er mir fehlte. Wenn Nusret nicht im Ghotul gewesen wäre, hätte er mich in Atem gehalten, aber so war es sehr ruhig, und ich vermißte Lakschmans Gesellschaft um so mehr.

Am darauffolgenden Tag war Lakschman auch nicht da. Ich hoffte, daß ihm nichts passiert sei. Ich hoffte, daß er bald wiederkommen würde. Er fehlte mir. Wenn er nicht da war, merkte ich erst, wie sehr er mir fehlte.

Zwei Tage nach dem bangen Hoffen waren die Kinder des Ghotuls noch beim Weiden der Ziegen und ich gerade dabei, mir die Haare zu waschen, da hörte ich Lakschman rufen: "Zeynep, bereitest du uns Tee? Die Polizei ist hier, mein Tee ist ausgegangen, ich muß mir erst wieder welchen kaufen."

Sein Tee geht nie aus. Er brauchte Hilfe, sonst hätte er nicht unter diesem fadenscheinigen Vorwand die Polizei hierhergeschleppt.

Ich bat Lakschman mit den beiden Polizisten herein und sagte: "Ich brühe gerne Tee. Ich muß mir nur die Haare noch zurechtmachen. Ich bin gerade dabei, sie mir zu waschen." Dann rief ich zu Fatma hinüber: "Fatma, hast du Streichhölzer? Die Polizei ist hier, ich will Tee machen, finde aber im Moment keine Streichhölzer!"

Fatma brachte Streichhölzer und fragte die beiden Polizisten: "Was hat euch nach Kaya verschlagen?"

Der ältere Polizist sagte: "Das geht dich gar nichts an!"

Darauf sagte Lakschman: "Die Herren sind wegen der Kirche gekommen. Irgend jemand hat angezeigt, daß die Kirche zweckentfremdet benützt und entheiligt werde. In der Kirche würde mit Kindern Hurerei getrieben, und ich sei der Zuhälter und Anstifter."

In Gedanken sah ich Nusret und Lakschman schon im Gefängnis, und wie ich die beiden im Gefängnis besuche.

Fatma fragte: "Wer hat denn das behauptet?"

Lakschman beruhigte sie: "Ich habe den Herren schon einen Brief vom Patriarchen von Zypern gezeigt, daß die Kirche so lange als Bildungsstätte für nichtgriechische Kinder der Stadt Kaya benützt werden dürfe, bis sie als eine christliche Kirche wieder geweiht werde. Die Herren von der Polizei konnten sich vom griechischen und ins Türkische übersetzten Brief mit dem Siegel des Patriarchen von Zypern überzeugen."

Mir fiel ein Stein vom Herzen. Jetzt war mir auch klar, wo sich Lakschman "herumgetrieben" hatte, er war auf Zypern beim Patriarchen gewesen, um das Ghotul von der griechisch-orthodoxen Kirche absegnen zu lassen. - Das konnte eigentlich gar nicht sein. Ich glaubte aber nicht, daß er lügt. - Wie er das wohl hinbekommen hatte? Es war mir ein Rätsel.

Lakschman fuhr fort: "Wir wollen Tee trinken, bis die Kinder kommen, die in der Kirche zum Weben und zum Entwerfen von Mustern ausgebildet werden, und die Herren von der Polizei sich überzeugen können, daß hier keine Hurerei mit Kindern stattfindet."

Der ältere Polizist war gerissen und zynisch. Er machte immer hinterhältige Andeutungen. Er sagte: "Freut euch nicht zu früh, ich lasse mich von euch nicht hinters Licht führen. Ihr könnt dem Patriarchen von Zypern eine Webschule auf die Nase binden, mir nicht. Ich räuchere das Hurennest aus, wenn die kleinen Nutten kommen."

Fatma ereiferte sich: "Wie kannst du behaupten, daß sie Nutten sind, diese harmlosen Kinder?"

Der Polizist, der das Wort führte, sagte: "Wir sind gekommen, um sie auf ihre Unschuld hin zu untersuchen!"

Dann erdreistete sich der andere Polizist: "Ja, wir sind gekommen, um sie auf ihre Jungfräulichkeit hin zu untersuchen."

Fatma ereiferte sich wieder: "Womöglich mit der Pistole, die ihr zwischen den Beinen tragt, die zwei Eier im Magazin hat, wie? Untersteht euch, unsere Mädchen zu entehren und dann zu behaupten, daß sie entehrt gewesen seien!"

Lakschman beruhigte Fatma: "Nein, nein, so einfach ist das nicht, sie dürfen sie nicht untersuchen. Das Wort der Kinder muß ihnen genügen. Wenn ihnen das nicht genügt, muß eine Ladung vom Gericht kommen."

Die gereizte Stimmung entspannte sich beim Tee langsam wieder. Irgendwann ging Fatma, ohne etwas zu sagen, während die Polizisten weiterhin auf die Kinder warteten.

Zuerst hörte ich das Klingeln des Glöckchens, das eine von Nusrets Ziegen um den Hals trug. Ich dachte: "Allah, steh uns bei, du hast uns hierhergebracht, nun laß unsere Kinder nicht unter die Räuber fallen, die sich Polizisten schimpfen."

Kurz darauf vernahm der Polizist das Ziegenglöckchen ebenfalls, rückte sich zurecht und richtete den Oberkörper auf. Er fragte: "Sind das die Kinder, die sich in der Kirche herumtreiben?" Lakschman bestätigte es. Die Polizisten griffen nach ihren Hüten, standen auf und gingen zur Straße, von wo das Glöckchen der Ziege sorglos bimmelte. Wir folgten ihnen.

Stolz ging Hümeyra den beiden Polizisten entgegen und rief ihnen zu: "Ihr wollt uns untersuchen, ob wir noch Jungfrauen sind!"

Der ältere Polizist sagte: "Das wollen wir nicht, das müssen wir, das ist unser Auftrag!"

Die Kinder kamen näher, und die Polizisten warfen sich noch mehr in die Brust. Als Hümeyra dem älteren Polizisten gegenüberstand, sagte sie: "Aber ihr habt kein Papier, das euch berechtigt, diese Untersuchung durchzuführen, und ihr könnt auch keine Zeit verlieren, um das Papier herbeizuschaffen, also müssen wir miteinander verhandeln, doch zuvor muß ich die Geschichte vom Kuckuck erzählen.

Der Kuckuck

Der Kuckuck brütet sein Ei nicht selbst aus, er überläßt diese Arbeit fremden Vögeln. Wenn die zukünftigen Zieheltern ausgeflogen sind, wirft das Kuckucksweibchen ein Ei aus dem Nest, an dessen Stelle sie ihr Ei legt. Ihr Ei, das sie in das fremde Nest legt, gleicht den anderen Eiern und wird von den zurückkehrenden Nestbesitzern meistens nicht erkannt und ausgebrütet.

Die Zieheltern des Kuckucks erhalten für ihre Brutpflege nichts von den Eltern und nichts vom jungen Kuckuck, ja der Kukkuckssprößling wirft die rechtmäßigen Jungen sogar aus ihrem eigenen Nest.

Fast immer ist in der Natur das Verhältnis von Geben und Nehmen ausgeglichen. Viele Tiere ernähren sich von Pflanzen. Der unverdauliche Rest erscheint wieder als Nahrung für andere Pflanzen. Die Blüten verschwenden ihren Nektar an die Insekten, und die Insekten befruchten zum Dank die Blüten, deren Gast sie sind.

Nur Schmarotzer, Blutsauger und Raubtiere kennen keinen

Dank, sie bilden die berühmte Ausnahme, welche die Regel bestätigt, daß wer nimmt, auch geben muß.

Soweit die Geschichte.

Ihr wollt unsere Unschuld untersuchen und habt kein Papier. Und unserem Wort wollt ihr nicht glauben.

Ihr wollt nicht nehmen, ohne zu geben. Ihr seid keine Schmarotzer und keine Blutsauger, wie euer Ruf es immer behauptet. Wir machen einen Handel, bei dem keiner übervorteilt wird. Ich schlage vor, wir Mädchen machen einen Entkleidungstanz, bis wir ganz nackt sind, dann könnt ihr uns untersuchen. Als Gegenleistung und als Beweis dafür, daß ihr nicht eigennützig gekommen seid, zieht ihr euch zuvor nackt aus. Wenn sich aber die Pistole, die zwischen euren Beinen baumelt, bewegt, solange wir uns noch tänzerisch entkleiden, oder wenn sich eine von uns schon ganz entkleidet hat, dann kostet euch das euer Pistolenmagazin mit den beiden Eiern. Das wird euch dann gleich unmittelbar von unseren Müttern mit einem scharfen Messer entfernt. Und das Mädchen, das die Pistolenbewegung ausgelöst hat, wird die entstandene Wunde sorgfältig verbinden.

Die Aussage, daß irgend jemand Cayennepfeffer ausgestreut und sich dadurch die Pistole bewegt habe, gilt natürlich genauso als Lüge wie unsere Beteuerung, daß wir Jungfrauen seien."

Der junge Polizist lachte und sagte: "Du bist clever, du bist wie unsereiner. Feiern wir ein Fest, weil die Anzeige gegen euch fallengelassen werden muß. Tanze! Wie alt bist du eigentlich? Bringt die Ziegen weg, und laßt uns feiern."

Hümeyra erwiderte: "Ja, laßt uns feiern, weil wir unter dem besonderen Schutz von Polizeimeister - wie heißt du eigentlich?"

Er antwortete: "Achmet."

Hümeyra krähte: "Ja, laßt uns feiern, weil wir unter dem besonderen Schutz von Polizeimeister Achmet stehen."

Und der Polizeimeister fügte hinzu: "Und unter dem ganz besonderen Schutz von Polizeiobermeister Hassan."

Fatma kümmerte sich um den Polizeiobermeister Hassan

und Hümeyra um Polizeimeister Achmet.

Hümeyra war kühn. Dem Ganzen haftete der Duft an, der aus Fatmas Stall kommt. Die Idee säte wohl Fatma, und Fatmas Tochter konnte dieses höchst empfindliche Pflänzchen hochziehen, daß es fruchtete.

Frisch gewagt ist halb gewonnen. Hümeyra wagte und gewann.

Der Tag, der am Mittag durch Lakschmans Hiobsbotschaft Kaya in Angst und Schrecken versetzt hatte, hatte am Abend seine Brisanz verloren. Aber auf mich kam eine noch größere Aufregung zu.

Lakschman und ich waren allein, da sagte ich zu ihm: "Bis heute hast immer nur du mir geholfen, erst heute konnte ich auch einmal dir helfen. Wollen wir in Zukunft nicht immer füreinander dasein? - Ich liebe dich, ich liebe dich so sehr, daß ich immer mit dir zusammensein möchte." Ich beugte mich zu ihm, um ihn zu umarmen, da geschah das Unglaubliche.

Lakschman erwiderte: "Ich bin immer für dich da. Ich war immer für dich da, und ich werde immer für dich dasein. Ich liebe dich zeitlos. Ich liebe dich grenzenlos. Ich liebe dich bedingungslos. Du bist ein Teil von mir, und ich bin ein Teil von dir." Im selben Augenblick fühlte ich mich mit ihm eins. Keine Grenzen waren da. Alle Barrieren waren aufgehoben. Alles war leicht, alles war schwerelos. Der Raum war, so weit das Auge reichte, in mildes Licht getaucht. Alle Sehnsucht war vorüber, ich badete in grenzenlosem Angenommensein. Ich war voll stiller, grenzenloser Freude. Ich bewegte mich nicht, damit ich nichts zerstörte. Das Zirpen der Zikaden erfüllte die Luft mit einem nicht endenden Konzert. Schmetterlinge erschienen von überall her und spielten das Spiel vom Fangen und Gefangenwerden, das Spiel vom Hin und Her, vom Lieben und Geliebtwerden.

Dann hörte ich Lakschman sagen: "Das ist die Liebe. Die Liebe ist von dieser Welt, in der wir jetzt sind, hier ist die Liebe zu Hause. Ich zeigte dir die Liebe in deiner Welt, und nun folgtest du mir in die Welt der vollkommenen Liebe, um sie zu sehen und um

Gewißheit zu haben, daß du nie verloren bist, daß du weißt, daß du grenzenlos geliebt wirst, und damit du sie in deine alltägliche Welt mitnehmen und davon erzählen kannst. Ich werde wieder hier in dieser Welt bleiben, wo mein wirkliches Reich ist. Ich habe dich eine Zeitlang auf ungewöhnliche Weise begleitet und zu dir und den anderen Frauen und euren Kindern in Märchen und Geschichten gesprochen. Diese Zeit ist nun zu Ende. Nun beginnt eine neue Zeit, in der du das Licht weiterreichen wirst, wo du die Fackel bist. Ich bin immer für dich da. Ich bin auch in Zukunft für dich da, und wenn du mich rufen willst, so schließe deine Augen, atme mehrmals tief durch und rufe mich. Ich werde kommen, wann immer du mich rufen magst. Vielleicht brauchst du etwas Geduld, bis du meine Nähe wahrnimmst, ich werde kommen und bei dir sein. Jetzt gehe in deine Welt zurück, atme ganz bewußt ein, und sieh dich um."

Ich hatte so viel Gewißheit gewonnen, daß ich mich trennen konnte. Ich atmete mehrmals die abgekühlte, frische Luft tief ein und öffnete vorsichtig meine Augen. Lakschman hatte sich scheinbar in Luft aufgelöst. Ein Nachtfalter flatterte um meinen Kopf und verschwand in der Ferne wie ein letzter, endgültiger Entschluß. Langsam verstummten die Zikaden, ich ging in mein Haus, legte mich zur Ruhe und schlief leicht ein.

Am nächsten Tag ging ich durch Kaya hinunter zur Durchgangsstraße zu seinem Haus. Er war nicht da, keine Tür war mehr da, die sein Haus verschloß. Der ganze Innenraum war mit Spinnenweben verhangen und versperrt, als ob seit Jahrzehnten hier niemand gewesen sei. Ein Pfauenauge kam aus dem Haus und taumelte in die warme Morgensonne. Ich verfolgte es mit meinen Blicken, bis ich es nur noch ahnen konnte. Ich schloß meine Augen, atmete mehrmals langsam und tief durch, und ganz leise rief ich: "Lakschman." Da wurde ich in meinem Herzen wieder ruhig. Vor meinen geschlossenen Augen wurde es heller, und ich hörte Lakschmans Stimme: "Du hast nicht geträumt. Du hast etwas sehr seltenes erfahren. Alles das ist nicht weniger wahr.

Du sehnst dich, was ganz natürlich ist, nach einem Mann. Dieser Wunsch wird sich erfüllen. Aber nicht ich werde dieser

Mann sein, sondern ein anderer. Er hat blaue Augen. Dieser Mann hat wie du großes Leid erfahren, er braucht viel Liebe. Du hast die Liebe durch mich erfahren, und er wird die Liebe durch dich erfahren."

Der Lautsprecher plärrte wieder, die Verzögerung war vorüber. Die Flughafenhalle, die bis eben noch in nahezu museale Ruhe erstarrt war, die nur selten von irgendeinem Personalmitglied, das die Halle von einem Ende zum anderen durchmaß, unterbrochen wurde, ergriff wie die Ameisen, in deren Haufen herumgestochert wurde, eine plötzliche Nervosität. Mit einem Male war auf dem Flughafen die orientalische Zeitlosigkeit der westlichen Hektik gewichen. Auch die drei ließen sich von dieser Hektik anstecken. Wie alles immer zwei Seiten hat, so war es auch mit der Verspätung. Zwar war die Verzögerung vorüber, aber leider blieb keine Zeit mehr, um zu hören, wie es Zeynep und Fatma bis heute weiter ergangen war, denn Zeynep sagte: "Das ist die Stadt ohne Väter mit unserer nicht ganz richtigen, aber großen und sehr geliebten Familie. Ich wünsche Ihnen einen guten Flug."

Fatma wünschte Peter ebenfalls einen guten Flug. Er war so überrascht über die plötzliche Unterbrechung der Erzählung, daß er den Beiden nur noch, "auch einen guten Flug" wünschen konnte. Während Fatma ihre Augenlider kaum merklich senkte und mit verhaltener Stimme hinzufügte, was wir im Kleinen erprobten, geht auch im Großen, empfand er eine angenehme, warme Geborgenheit, die er so gar nicht erwartet hatte.

QUELLENNACHWEIS

KARTEN

Inge Kneifel: *Das Osmanische Reich.*
dis. : *Lykien.*

LITERATUR

Die Bibel. 1.Mos 2.,3.
Mt 7.16-19

Elwin, Verier H.: *The Muria and their Ghotul.* Bombay 1947.

Konfuzius: *Lun-jü.*

Der Koran. 2. Sure 32-34
109. Sure

Lessing, Gotthold Ephraim: *Das Testament Johannis.*

Panskus, Hartmut; Gorbach, Rudolf P. und Noir, Andreas (Red.): *Die schönsten Märchen der Welt.* Bensheim, 1981.

INHALTSVERZEICHNIS

Einführung 9
FATMAS ERZÄHLUNG - Die Flucht - 15
Das Märchen vom Schuster, der ein Pechvogel war 22
Der greise Tintenfisch 25
Die silberne Gürtelschnalle 32
Die fliehende Karawane 41
Der Prinz vom Ganges 45
ZEYNEPS ERZÄHLUNG - Kaya - 65
Die Ungläubigen 68
Die drei Blinden und der Elefant 68
Der Mistkäfer und die Biene 72
Violetta 80
Abu Hasan, der listige Fuchs 83
Die beiden Widder und der weise Rabe 88
Die Vertreibung aus dem Paradies 92
Sonne und Wind 93
Das Testament des Lieblingsjüngers 97
Der hungrige Wolf 100
Prinz Elron 111
Das Geheimnis der Zikaden vom Taj Mahal 120
Der Kuckuck 126
Quellennachweis 131

Vom selben Autor erscheint die Trilogie:

Gespräche mit Lucy
Eine spannende Reise zu
den Quellen unserer Religion

„Gespräche mit Lucy" will davon befreien, Gott dort zu suchen, wo er nicht zu finden ist. Dazu wird die lange Geschichte der Gottes- und Weltanschauungen, die für das Abendland bestimmend war, durchleuchtet und aufgezeigt, wo Sucher fündig geworden waren. Der Stoff wird in Gesprächen dargelegt, die ein alter Mann mit seiner Hündin „Lucy" führt.

Das erste Buch zeigt die Entwicklung der Dreifaltigkeit von der steinzeitlichen Muttergesellschaft zum heutigen patriarchalischen Christentum.

Im zweiten Buch erzählt er von den großen religiösen Dramen, welche die Menschheit schon auf der Bühne des Lebens gespielt hat. Nicht alle religiösen Dramen waren für die Europäer wichtig, deshalb erzählt er nur von denen, die das Abendland geprägt haben.

Das dritte Buch zeigt die Quelle der Desinformation auf, und dass diese Quelle heute noch genauso sprudelt wie zur Zeit Moses.

Es ist die Ausbeute eines knappen halben Jahrhundert dauernden Aufstöberns religiöser Unwahrheiten und Auffinden religiöser Wahrheit.